ISMAEL
Ben Kaïzar,

OU LA DÉCOUVERTE
DU NOUVEAU MONDE,

ROMAN HISTORIQUE,

Par M. Ferdinand Denis,

AUTEUR DES
SCÈNES DE LA NATURE DES TROPIQUES
ET DE LEUR INFLUENCE SUR LA POÉSIE, ETC., ETC.,
D'ANDRÉ LE VOYAGEUR,
ET DU RÉSUMÉ
DE L'HISTOIRE LITTÉRAIRE DU PORTUGAL ET DU BRÉSIL.
ETC., ETC.

TOME TROISIÈME.

PARIS,

CHARLES GOSSELIN, LIBRAIRE
DE SON ALTESSE ROYALE MONSEIGNEUR LE DUC DE BORDEAUX,
RUE SAINT-GERMAIN-DES-PRÈS, N° 9.

M DCCC XXIX.

DE L'IMPRIMERIE DE LACHEVARDIERE.

ISMAEL

BEN KAÏZAR.

IMPRIMERIE DE LACHEVARDIERE,

RUE DU COLOMBIER, N° 30.

ISMAEL BEN KAÏZAR,

OU LA DÉCOUVERTE

DU

NOUVEAU MONDE.

ROMAN HISTORIQUE,

Par Ferdinand Denis.

Muy rebuelta esta Granada
En armas y fuego ardiendo.
ROMANCERO GENERAL.

Ainsi a dit l'Éternel , qui a dressé un chemin
dans la mer et un sentier parmi les eaux
impétueuses. ESAÏE.

Quoiqu'ils soient depuis long-temps au milieu
de nous, ils conservent l'idée que je suis
descendu des Cieux, et ils le publient partout
où nous abordons. CHRISTOPHE COLOMB

TOME TROISIÈME.

Paris,

CHARLES GOSSELIN, LIBRAIRE

DE SON ALTESSE ROYALE MONSEIGNEUR LE DUC DE BORDEAUX,

RUE SAINT-GERMAIN-DES-PRÉS, N° 9.

M DCCC XXIX.

ISMAEL
BEN KAÏZAR.

CHAPITRE PREMIER.

Avril 1493.

Il faisait une belle journée du printemps ; les murs rougeâtres de Barcelone étaient couverts de banderoles éclatantes. Dans le port les navires étaient pavoisés ; et des remparts et des navires on voyait s'échapper des lueurs rapides suivies de mille détonnations qui se mêlaient au son des cloches, aux fanfares des trompettes, aux cris de la multitude. Le bourdon de Sainte-Claire, patronne de la ville, envoyait dans les airs ses sons graves et mesurés, et par intervalle l'éclatant carillon.

3.

du couvent de la *Merced* lui répondait. Il
y avait de la joie et quelque chose d'imposant dans ces bruits d'une grande ville;
on y célébrait une fête sans nom, une fête
qui ne devait jamais se renouveler.

Et Colomb chevauchait vers la *Casa de
la Deputacion,* non pas solitaire comme au
jour où sa mule l'emmenait tristement vers
le couvent de la Rabida, mais environné
de la pompe qui n'appartient qu'aux Souverains. Devant le cortége marchait une bande
joyeuse de troupes catalanes allant au son
des fifres et des tambours ; puis venait un
peloton des gardes castillanes qu'on distinguait à leur air martial et surtout à leur
fierté ; ensuite arrivait l'Amiral couvert
de vêtemens somptueux, monté sur un
beau cheval.

Quatre Grands d'Espagne de première
classe l'entouraient, lui parlant de temps
à autre avec courtoisie, et ils étaient suivis
de plusieurs Officiers du Roi, parmi les-

quels se trouvait ce Talaveyra qui avait
mis tant de retards au départ du grand
homme, et qui alors essayait de se rap-
procher de lui, et se croyait un des instrumens de son triomphe. Les huit Indiens
qu'on avait pris dans diverses îles, et qui
avaient survécu au voyage, marchaient sur
deux rangs ; ils s'étaient parés de tous leurs
ornemens sauvages pour l'imposante solennité où ils devaient figurer.

Des bracelets d'or ornaient leurs jambes ;
des couronnes de plumes paraient leur
front, et une légère étoffe de coton cachait
en partie leur nudité. Les premiers portaient des aras aux plumes rouges et bleues.
Ces oiseaux, en faisant entendre leurs voix
discordantes au milieu des cris du peuple,
attiraient sur eux toute l'attention de la multitude, qui ne pouvait se lasser d'admirer
leur brillant plumage. L'un d'eux dit un mot
inconnu, et trois Indiens pleurèrent : c'é-
tait le nom de leur pays : ils marchaient

cependant au son des instrumens joyeux.

Après les guerriers sauvages venaient les gens de l'expédition : ils portaient les couronnes d'or, présent de Guacanagari ; les idoles de pierre qu'on avait offertes à Colomb ; les masques sculptés, aux yeux d'or, trouvés dans l'île de Cuba ; d'immenses flamans empaillés, éclatans des plus riches couleurs ; des caïmans à la gueule béante, des tortues terrestres, des iguanas dont le bleu céleste avait disparu.

D'autres matelots élevaient dans les airs des branches de palmier ayant encore leurs fruits desséchés ; d'autres suivaient avec des boutous, des arcs, de longues flèches de roseau empennées de plumes de vautour, qu'avait fournis le premier combat des Européens contre les Caraïbes ; et au milieu de ces armes et de ces palmes s'élevait la bannière de la croix verte aux armes de Castille et de Leon qui avait flotté sur des rivages si lointains.

Plus humble, mais plus glorieuse encore, venait celle de l'Amiral ; on y lisait, brodé en caractères d'or :

Por Castilla y por Leon
Nuevo-Mundo halló Colon (1)

Cette légende si simple, qui disait tant de gloire, expliquait les armes qui venaient d'être accordées à l'Amiral : c'étaient celles du royaume, écartelées d'un groupe d'îles entourées de vagues, d'ancres d'or sur un champ d'azur. Le reste du cortége se composait des nombreux officiers de la marine espagnole qui étaient venus complimenter Colomb, et qui partageaient alors de bonne foi son triomphe. Peut-être parmi cette foule empressée se trouvait-il un Bovadilla qui plus tard devait couvrir le héros de chaînes ; mais alors il n'entendit que des acclamations d'allégresse et des cris d'admiration ; et le bon Marchena était venu à

(1) Pour Castille et pour Leon, Colomb a trouvé un Nouveau-Monde.

pied de son couvent, et il suivait humblement le cortége. Colomb l'avait déjà pressé contre son cœur, et souvent son regard le cherchait.

Qui pourrait rapporter les discours s'échappant de toutes parts, et le ton capable des savans qui avaient dédaigné les propositions de l'Amiral, la parole brève et arrogante des soldats qui n'avaient pas voulu le suivre.

— Seigneur Ambrosio Moralès, disait l'un, voilà bien, comme je vous l'affirmais, les perroquets décrits par Pline. L'Amiral a réellement trouvé les Indes orientales.

— Ou quelques parties reculées de l'Égypte, répondait un autre; car voici des crocodiles comme ceux qui sont suspendus au plafond dans la grande salle du collége de Lisbonne.

— Seigneur Hidalgo, ne voyez-vous pas parmi ces joyaux d'or un anneau richement ouvragé ? disait un vieillard qui semblait prendre un vif intérêt à la cérémonie.

— Si c'est un anneau, répliqua un des savāns, il doit avoir appartenu à quelque géant du royaume de Zipangu ou de Cipango ; mais ce temps est le temps des merveilles, et rien ne doit nous étonner...

— Voyez donc ces guerriers indiens...

— Ces oiseaux dorés comme le phénix.

— Oh! que c'est beau à voir !... reprenaient les femmes et les enfans.

Comme ils parlaient ainsi, le bruit des fanfares redoubla : le cortége défila rapidement. On approchait du palais connu sous le nom de *la Casa de la Deputacion*, où les Rois d'Aragon faisaient leur résidence quand ils venaient visiter leurs sujets de la Catalogne.

Les deux trônes avaient été élevés dans une vaste salle ouverte à la multitude, où l'on voyait les portraits des anciens Comtes de Barcelone, si renommés par leur courage et par leur amour de la gaie science.

Mais c'est en vain que les yeux auraient cherché ces formes élégantes et légères de l'architecture moresque, dont on trouvait partout l'agréable variété dans le royaume de Grenade. Dès le neuvième siècle les Maures avaient été chassés de Barcelone ; ils n'avaient pu former aucun établissement durable dans ce beau pays ; aussi les églises et les palais rappelaient-ils les formes hardies et imposantes de l'architecture gothique, à laquelle les Arabes ajoutèrent cette magnificence orientale qui multiplie partout les ornemens (1).

(1) En parcourant l'Espagne on trouve rapidement la solution d'une question qui a souvent agité les savans. Dans le midi, le cintre arrondi, supporté par des colonnes légères, multiplie gracieusement ses arceaux ; dans le nord, l'ogive se développe d'une manière imposante et hardie ; les piliers, plus massifs, attestent une pensée ferme, inébranlable dans ses résolutions : ici c'est l'esprit chevaleresque et ardent des Maures là les idées graves des Goths.

Pour la solennité qui se préparait, les dorures des poutres avaient été ravivées. Trente étendards, pris sur les Maures à Malaga et à Grenade, s'inclinaient au-dessus du dais éclatant d'or qui s'élevait à l'extrémité de la salle.

Les deux Rois s'étaient environnés de toute leur gloire. Colomb parut : à son aspect la gloire des Rois s'évanouit... Un murmure confus se répandit dans la salle... Les Rois se levèrent.

Et le grand homme mit un genou en terre : pensant à Dieu, il humiliait son génie. Isabelle prit alors la parole avant son royal époux ; c'était le privilége qu'elle s'était donné en comprenant une pensée forte :

— Don Christoval Colon, notre Amiral et Vice-Roi des terres de l'Inde, relevez-vous.

— La Reine et le Roi, mes Seigneurs, m'ont aidé et favorisé après Dieu ; plaise à Leurs Altesses de me donner leurs mains royales à baiser.

— Seigneur Amiral, dit à son tour Ferdinand, ce sont marques de vasselage, et vous n'aurez ici que marques d'honneur... Asseyez-vous, Don Christoval.

Et il baisa la main de sa gracieuse Souveraine, puis il alla s'asseoir parmi les Grands.

Après un grave et modeste silence qui ajoutait encore à la solennité de cette journée, il fut requis de raconter les circonstances de sa grande entreprise. Il le fit avec des paroles posées et modestes quand il parlait de lui, s'animant quand il parlait de Dieu et des autres. Il offrit ses présens : les yeux du Roi furent éblouis de l'or;... la Reine contempla les Indiens, et songea à leur salut. — Notre Amiral, vous avez fait bonne conquête pour la terre, meilleure conquête pour le ciel... Et en disant ces mots elle s'agenouilla dévotement ainsi que le Roi; ils prièrent quelque temps en silence; puis tout-à-coup on entendit une musique grave et religieuse qui remplit la salle de son imposante harmonie : c'était le *Te Deum* qu'entonnaient les musiciens, et que répétait le peuple assemblé, en faisant mille efforts pour voir l'Amiral.

CHAPITRE II.

Les màtelots grands Seigneurs.

Pendant que cette scène se passait dans le palais des anciens comtes de Barcelone, des scènes moins imposantes animaient les places de la ville, et surtout celle qui était devant *la Casa de la Deputacion.* Les matelots, qui n'avaient pu pénétrer dans le lieu réservé à la cour, se promenaient d'un air important au soleil, couverts de riches manteaux qu'ils avait achetés, en arrivant, à la friperie. Il était aisé de voir que ces nouveaux Seigneurs, qu'on avait pour la plupart forcés d'aller chercher la gloire, ne se souvenaient nulle-

ment de la cérémonie de *la presse* qui avait
précédé leur départ.

Ils s'étaient spontanément donné le titre d'*Hidalgos*, ce qui, comme on le sait,
veut dire en bon castillan le fils de quelqu'un ; la longue rapière qui pendait à
leur côté semblait quelque peu les em-
barrasser, la fraise empesée qui les serrait
un peu fortement, pouvait rappeler à
quelques uns d'entre eux de tristes souvenirs ; car à cette époque c'était l'usage
en Portugal et en Espagne, de mettre
les vagabonds au *tronco*, instrument de
bois qui, scellé dans la muraille, retenait
les patiens par le cou. Quoi qu'il en soit
ils avaient une merveilleuse assurance, et
devisaient gravement devant le peuple.

— Don Juan Chiquito de Tanamo y
Barracoa, on dit que le roi vient d'appeler
l'Amiral son cousin, disait un de ces importans personnages qu'à ses larges épaules et surtout à son accent on pouvait

facilement reconnaître pour un Galicien ;
il s'adressait à Melgarejo l'Andalous,
qui était de fort petite taille, et dont le
manteau de velours ras descendait presque à terre en cachant heureusement des
hauts-de-chausses dont l'ampleur était
démesurée.

— Seigneur Antonio Ruiz de Guarapi-
che y Cabrion, quand il l'aurait appelé
son frère, croyez-vous qu'il se serait
déchiré la bouche ? Que serons-nous
donc, nous ? Pensez-vous que si le 12 fé-
vrier je n'avais pas été bravement car-
guer la voile de perroquet, et serrer deux
ris dans les huniers, vous seriez tous ici ?

— Il est certain, Seigneur Guara-
piche y Cabrion, dit Jean d'Avallon
qui passait en ce moment, cherchant un
officier que demandait la Reine, il est
certain que le coup de corde qui vous
fut appliqué par le pilote vous fit monter
lestement ; mais si Votre Seigneurie vou-

lait me faire la faveur de m'indiquer où
est le capitaine Tovar, elle me rendrait
réellement service. Et comme si le nouveau Seigneur n'avait entendu que les
derniers mots, il prit un air plus grave et
dit : — Toutes choses demandées avec
courtoisie méritent une réponse cour-
toise, Seigneur Français. Et il lui indiqua
Tovar, qui prenait part dans un groupe à
une conversation animée.

Et sans paraître décontenancé, il ajouta :
— Ce gentilhomme français aime un peu
trop la joie, et le jus de San-Lucar de
Barrameda lui tourne souvent la tête ;
mais, au demeurant, il est brave. Vous rap-
pelez-vous, Seigneur Don Juan Cabrillo
de Xaragua y Caracol, ce jour où, en revenant, nous jouâmes de l'arquebuse contre
cent vingt archers du Roi des Indes : par
saint Jacques ! ce jour-là il se montra bon
compagnon. J'envoyai cinquante de ces
mécréans en Enfer, et il se chargea du reste.

—Et nous le traitâmes le soir en vaisselle d'or. Il sait ce que valent les Castillans, ajouta le Galicien en cherchant à
déguiser son accent.

— Oui, en vaisselle d'or ; on n'en a pas
d'autre aux Indes , ajouta le petit Andalous
en voyant que la multitude se pressait
pour l'écouter ; et les quatre épices d'Orient
s'y ramassent comme les olives sauvages.
Voulez-vous boire ,... on vous présente
de l'hypocras dans un hanap d'or richement ouvragé ; et quand la faim vous
presse, ces beaux oiseaux dorés que l'Amiral vient d'offrir à la Reine valent bien
nos faisans, Seigneur Antonio y Borri-
quen Pero Perez, continua l'Andalous en
s'adressant à un de ses compagnons qui
paraissait émerveillé de la richesse de son
imagination. N'est-il pas vrai que la terre
y est aussi odorante que la boutique d'un
parfumeur ? et que quand la nuit arrive , il
n'y a pas d'illumination à Séville qui soit

plus belle que celles des mouches de feu
qu'on attache à son bonnet pour s'en servir en guise de lanterne?

— Un Castillan dans ce pays-là est un
dieu, jusqu'à ce qu'il aille à confesse...

— Vous voyez bien là-bas ce jeune gentilhomme de bonne mine, en manteau de
velours ras, et dont le haut-de-chausses est
un peu percé à cause de sa dévotion à saint
Jacques de Compostelle, hé bien, il a refusé la fille d'un Roi, parcequ'il ne voulait
s'allier qu'en bonne chrétienté.

— On parlait déjà d'écrire au cardinal
primat pour avoir des dispenses, ajouta
Mengo; mais l'Amiral n'a pas voulu.

Comme il achevait ces mots, à la grande
admiration de la multitude qui ne pouvait se lasser d'entendre de semblables
merveilles, et qui ne pouvait guère refuser d'y croire après le spectacle que venait d'offrir le cortége de Colomb, on vit
accourir un des matelots vers le groupe

3.   I.

sur lequel Antonio et Juan exerçaient leur éloquence et leur imagination. Il fendit la foule d'un air empressé, et saluant ses deux compagnons, il leur dit avec beaucoup de gravité : — Un page de la chambre me l'a assuré, les deux Rois viennent d'anoblir vos Seigneuries, ainsi que le reste de l'équipage ; elles ont demandé comment se portaient les Hidalgos de l'expédition, et parole de Roi ne peut être révoquée, Cavalleros...

— Seigneur Rebulso, dit l'Andalous avec hauteur, le Roi ne peut anoblir qui est déjà noble.

— Et marqué au coin royal sur les deux épaules, dit Ruy Dias à son tour, jouant de la rame en perfection sur les galères de Leurs Altesses.

Mais en ce moment un nouvel incident mit fin à la conversation, heureusement pour l'éloquent gentilhomme, qui était devenu plus rouge que son pourpoint d'é-

carlate. Colomb passait suivi des Grands
du royaume, qui voulaient l'accompagner
jusqu'à son habitation; les cris de vive l'A-
miral! retentissaient de toutes parts. L'on
mêlait son nom à celui des deux Rois, et
l'artillerie du port envoyait ses bordées,
les tambours battaient au champ, les ana-
files jouaient gaiement les airs brillans de
la Catalogne ; les cimbales et les hautbois
sonnaient des zambra mauresques, et le
peuple disait : — C'est le Navigateur sans
pair, c'est Don Christoval le Génois!

Et quelques momens après on entendait répéter: — L'as-tu bien vu? Quel visage
a-t-il? est-il richement vêtu? — Oh! que ce
doit être une belle chose à voir qu'un Amiral de la mer Océane qui revient de Zipangu, où l'on mesure les perles et les
diamans ni plus ni moins que l'orge des
champs. — Il est petit, très brun. — Non
pas, Rita; grand et fort bel homme,
fait pour commander. — Il a l'air d'un gé-

néral.—Ma foi, je l'aurais pris pour quelque
prieur d'abbaye, tant il a l'air prud'homme.
— Ses yeux sont très fiers. — Oui, mais il
a le sourire très posé et sans dédain pour
les pauvres gens. — Ah! voici le Seigneur
Domingo qui est entré dans la salle, lui
qui l'a vu tout à son aise, il va nous dire
comment il est bâti, car, pour nous autres
voisins, c'est comme si nous nous vantions
d'avoir vu le prêtre Jean ; nous n'avons pu
l'apercevoir tant il était environné de
comtes et de marquis, tant il était caché
par les soldats.

Et le Seigneur Domingo, entouré d'un
nombreux auditoire, disait : — Personne
ne peut vous en parler mieux que moi,
car il m'a touché comme Luiz Bermudez
me touche maintenant. Figurez-vous un
homme de grande taille. — Ah! voyez-
vous, Rita. — Un peu voûté, ayant près
de cinquante ans ; teint clair, un peu échauf-
fé, et cela n'est pas étonnant, car il vient

d'un pays où le soleil darde encore plus vivement qu'à Ecija, la poêle à frire de l'Espagne (1); ses cheveux sont gris comme l'habit du Franciscain qui passe là-bas; il a les yeux pers, le nez assez droit; il paraît fier quand il parle aux grands, humble quand il parle aux petits; et au demeurant il ressemble plus à un docteur qu'à un homme de guerre. Pendant ce colloque, Jean d'Avallon s'était approché du groupe, et il riait en lui-même de ces paroles de la foule, où la vérité se trouve jetée entre mille propos ridicules.

— Vous dites qu'il a l'air d'un docteur, Domingo, reprenait un homme à grosse face épanouie qu'il connaissait pour un des plus joyeux vivans de la chrétienté; et je demande un peu ce que ce voyage chez le grand Kan de Tartarie peut faire aux clercs, et leur a prouvé pour leur science?...

(1) Surnom d'une petite ville d'Espagne.

— Cela prouve, reprit le Français, que la terre est ronde comme votre tête, et un peu moins vide, señor Tejada.

— C'est ce que la très sainte Inquisition examinera, reprit un moine mendiant qui s'était mêlé à la conversation ; on verra si des hommes de mer peuvent ainsi changer les textes sans l'approbation du très Saint-Office.

— Ronde ou carrée, vive l'Amiral ! il a fait un beau voyage, reprenait Domingo. Et la foule répétait encore avec lui : —Vive Don Christoval Colon... Et les bordées des navires mouillés dans la rade répondaient à ces cris de joie, car l'Amiral venait d'entrer dans la maison-de-ville, où un repas lui avait été préparé. Il y recevait les félicitations des Grands, et par intervalle le bruit du canon mêlé aux acclamations lointaines du peuple, lui parvenait comme un bruit confus de gloire et de joie.

CHAPITRE III.

La Soirée.

Le lendemain de ce jour mémorable où l'Amiral avait été reçu avec tant de pompe par les deux Rois, il alla au palais des comtes de Barcelone, où la Reine tenait sa cour. Dans cette résidence il y avait un mélange de la magnificence française et espagnole ; le voisinage des Maures ne se faisait plus sentir comme dans l'Andalousie : tout était plus grave.

Au lieu de cintres arrondis, de frêles colonnes dorées, c'était de grandes ogives, de forts piliers, de grandes murailles couvertes d'antiques tapisseries de laine représentant l'histoire de Don Pelayo, Berger-Roi, vainqueur des Mulsulmans quand tout succombait devant eux.

Au milieu de cette austère magnificence à laquelle tenaient surtout les Catalans, jaloux de leurs prérogatives, Isabelle était environnée d'une cour toute brillante d'une splendeur presque orientale. Les Dames de Cordoue et de Séville étalaient aux regards leurs riches mantes couvertes d'aljofar et de pierreries, tandis que les Catalanes se faisaient remarquer par leurs grâces naïves, par leurs fraîches couleurs, par leurs regards doux et animés : c'étaient comme des fleurs mêlées aux perles et aux diamans.

Et parmi ces Dames d'Aragon et de Castille on voyait, très près de la Reine, une jeune Dame vêtue de noir, au maintien noble et gracieux ; elle baissait quelquefois un front pensif comme un jeune pavot chargé de pluie penche sa tête parmi des roses.

Colomb, après s'être incliné avec respect devant la Reine, salua la jeune Dame en deuil, et alla prendre place à peu de distance d'Isabelle, parmi les Grands-Officiers de la couronne, qui l'accueillirent assez bien, quoiqu'on vît percer dans leurs regards la hauteur du grand Seigneur s'humanisant par nécessité. Et comme le peuple, qui avait vu passer l'Amiral, l'avait suivi jusqu'au palais, on entendit bientôt des voix qui criaient dans la place : — Vive la Reine! vive Don Christoval! vive l'Amiral!

— Vous le voyez, Don Christophe, dit Isabelle avec ce sourire gracieux qui gagnait tous les cœurs, nos sujets de Catalogne devinent ma pensée; ils mêlent mon nom dans les cris de joie dont ils saluent votre retour.

L'Amiral s'inclina profondément.

3.   2

L'Alcaïde de los Donzeles se pencha vers Aguilar, et lui dit : — Depuis deux jours toujours ce nom !... N'entendra-t-on que Don Christoval Colon? et messer Colombo le cardeur n'a-t-il pas assez reçu d'honneurs de nos gracieux Souverains?... Stupides Catalans!... ils ne voient donc pas qu'ils vont enfler d'un tel orgueil cet homme, qu'on ne pourra plus lui parler. Mais le peuple est ainsi ; il reste muet devant un Seigneur, et crie pour un fou glorieux.

— A propos, dit l'Évêque Fonseca en s'approchant des deux Chevaliers, vous savez qu'il en faut rabattre beaucoup de la gloire de notre homme ?... D'abord tous les livres anciens de cosmographie contiennent sa découverte ; ensuite on a appris qu'un pilote bien autrement habile que lui était mort, il y a je ne sais combien de temps, dans sa propre maison, et que tous ses papiers il les a eus...

— Cela ne m'étonne pas.

— Et voilà les gens devant qui se lèvent les Rois!...

— Si je n'avais pas eu la faiblesse de recommander chaudement cet Amiral d'un jour à notre gracieuse Souveraine, dit Talavera en prenant part à la conversation, il serait encore à la porte du palais, mendiant une audience; tout à l'heure je lui ai parlé, et l'on eût dit qu'il répondait à son égal.

— Cela donne à la fois du dégoût et de la pitié, Señores, reprit l'Alcaïde; mais nous verrons la fin.

—Et qu'avait-il besoin, reprit encore Fonseca, qu'avait-il besoin, comme je le disais tout à l'heure au Roi, d'aller à Lisbonne à son retour? est-ce une action bien loyale d'entrer chez l'ennemi de son maître, lui porter une nouvelle qu'il ignore?... Au lieu de me lever en sa présence, je le ferais juger.

— Et en sa qualité d'Amiral il aurait la tête tranchée, au lieu d'être pendu, reprenait d'une voix bénigne un jeune Seigneur; c'est un avantage qui n'appartient qu'aux Hidalgos, il faut qu'il jouisse de tous nos priviléges.

— Seigneur, reprit le bon Deza qui était devenu Évêque de Séville, ces grands flots qui emportaient l'Amiral durant la tempête, sont un peu plus difficiles à maintenir que les mules qui nous conduisent paisiblement au palais; et quand sa petite caravelle roulait au milieu des vagues furieuses, devant le port de Lisbonne, il n'est pas surprenant que l'Amiral y ait cherché un asile,... moins braves que lui l'auraient fait.

—Ce que dit le Seigneur Évêque, reprit Quintinilla en se rapprochant du groupe, me rappelle ce qui est arrivé, pas plus tard qu'aujourd'hui, à notre ami l'Amiral. A dîner, l'un des convives voulait bien

vanter son courage, et même sa science ;
mais il ajoutait :—La chose est belle ; et cependant si Don Christoval ne l'avait point
faite, un Castillan n'eût pas reculé devant
l'entreprise. L'évènement nous prouve,
après tout, que c'était chose faisable...
et lui qui rit fort rarement, vous le savez,... on le vit sourire ; et puis, après un
un moment de silence, il prit un œuf,
en demandant : — Seigneurs Chevaliers,
quelqu'un parmi vous veut-il essayer de le
faire tenir sur l'un des bouts ? c'est chose
facile, assurément... Ils ont tous essayé,
et même avec impatience, car ils sentaient
qu'ils étaient raillés : nul n'a pu réussir.
Don Christoval riait en sa barbe;... il a pris
l'œuf à son tour, en a brisé l'extrémité
sur la table, et, comme vous le pensez, il
s'est tenu aussi droit qu'un fer de lance.
—Ce n'était pas plus difficile, a dit l'Ami-
ràl.—Vous voyez bien que tout est aisé, et
que Don Christoval en convient, ajouta

le contrôleur des finances en achevant son histoire.

Les grands Seigneurs gardèrent alors le silence ; les ecclésiastiques allèrent à l'écart traiter de l'affaire des Maures, les Cavaliers continuèrent à deviser entre eux.

— Alcaïde, dit l'un d'eux, ne trouvez-vous pas que la belle Dorothée a l'air de souffrir plus que de coutume aujourd'hui ?

— Depuis la mort de son oncle le Génois, elle est ainsi rêveuse et triste.

—Il y a plus long-temps encore, reprit le Duc de Medina-Celi ; mais l'arrivée de l'Amiral lui a rappelé peut-être son pays ; et aujourd'hui sa mélancolie semble plus profonde.

— Cette histoire de l'incendie de Santa-Fé la tourmente, je crois, toujours beaucoup...

—Quel dommage, Garcilasso de la Vega, qu'à telle Dame paroles de sincère amour ne semblent que vaines paroles de courtoisie, et qu'un tel astre n'éclaire personne!

En ce moment le Roi Ferdinand entra; après s'être approché un instant d'Isabelle, il alla se placer à l'extrémité de la salle, et la plupart des Seigneurs aragonais ne tardèrent pas à l'entourer.

Colomb était resté près de la Reine avec quelques autres Chevaliers; la conversation roula bientôt sur l'antique splendeur de la Catalogne, sur les cours d'amour qu'on y avait tenues, et sur ces fêtes brillantes qu'elles avaient animées : on parla de la gracieuse mollesse des poètes catalans, de cet Ausias March, qu'on a quelquefois comparé à Pétrarque, et qui a souvent plus de charme que lui; on parla encore de Pierre Vidal et d'autres troubadours, mêlant une grâce prétentieuse à la douceur de leurs chants.

La Marquise de Moaysa faisait observer en souriant que c'était un beau privilége

que celui qu'avaient les Dames de punir
un Chevalier sans courtoisie ou bien sans
loyauté.

—Seigneur Amiral, dit alors la Reine
en s'adressant à Colomb qui avait jusque alors gardé le silence, ces propos doivent vous sembler bien frivoles, à vous
qui n'avez jamais eu sans doute que de
fortes pensées, des pensées qui découvrent
un monde;... mais nous sommes au pays
des cours d'amour, et nos jeunes Dames
n'ont point oublié qu'il est dans leurs
priviléges de traiter ces grandes questions...

L'amiral se rapprocha de la Reine, et
il dit avec beaucoup de gravité : —Madame,
deux nobles choses ont été mises dans le
sein de l'homme : l'amour de Dieu et l'a-
mour de la femme. Les deux Rois sages
entre tous les humains, Salomon et David,
ont aimé ardemment;... et Dieu donna
à Jacob une femme selon son cœur,

comme le plus grand bien dont il pût le combler.

— Oh! ces paroles d'amour sont plus graves qu'il n'appartient à nous autres Chevaliers d'en tenir, reprit l'Alcaïde de los Donzeles.

— L'Amiral, dit d'un air dédaigneux Fernand Gonçalve, a lu la sainte Bible bien plus encore que Pétrarque d'Arezzo ou Ausias March le Catalan.

— Leur langage est doux et poli, répliqua Colomb; mais leur pensée est faible et sans pouvoir... Si j'aimais comme un poète, je voudrais aimer comme le Dante, qui confondit en son amour la sainteté des cieux...

— C'est ainsi qu'on aime quelquefois en mon pays, dit la belle Dorothée qui n'avait point encore parlé, et qui, après ces mots, retomba dans un morne silence. Et Jeanne, la fille de la Reine, sourit alors tristement de ce sourire qui disait à sa mère tout son malheur à venir.

Isabelle reprit : — Moins que toute autre, Doña Dorothée, vous pouvez parler de telles choses, vous qui avez résisté avec tant de persévérance,... je pourrais dire opiniâtreté, ajouta-t-elle en souriant,... à nos désirs de vous voir couronner le zèle d'un honorable Chevalier. Si les cours d'amour existaient encore comme elles étaient autrefois, il vous faudrait juger.

Dorothée paraissait troublée. La princesse Jeanne prit affectueusement sa main et dit à la Reine : — Ma mère, pourquoi la tourmenter?

L'Alcaïde reprit en riant : — Par Don Cupidon et sa mère la belle Déesse de beauté! ce serait vraiment une cause qui, au tribunal des cours d'amour, aurait excité grand bruit; mais je ne l'aurais pas donnée à juger à l'Amiral... Il traite ces choses bien gravement:... ce sont véritables amours de clercs dont il nous entre-

tient, et non de gracieuses amours se re-
nouvelant comme les fleurs, pour embellir
diversement la vie... Pour un Chevalier,
ses paroles sont bien graves.

— Et aussi, ajouta Colomb, le sujet
l'est-il plus qu'on ne le croit dans la riante
jeunesse.

Jeanne regarda sa mère fixement, car
elle aimait déjà ce grand Duc qui fit le
destin de sa vie.

Don Rodrigue le Grand-Maître dit avec
une noble bonté : — Je ne sais ce qui a
pu faire rire ces jeunes Chevaliers. En
mon temps on pensait comme l'Amiral ;
on avait de fortes amours qui duraient la
vie, et non ces vaines et brillantes galan-
teries qui nous viennent des Maures.

A ce mot de Maure, Dorothée leva tristement la tête.

Mais le Roi Ferdinand s'était avancé ;
il adressa quelques mots aux Seigneurs
Castillans qui composaient la cour de sa

femme; puis venant près de Colomb, il
ajouta : — Nous avons appris avec joie,
Seigneur Amiral, que vous vouliez retourner promptement à la découverte des villes du Grand Kan; nous allons écrire à
notre très respectable Saint-Père le Pape
Alexandre VI, pour qu'il lui plaise sancti-
fier vos découvertes par ses prières, et
afin qu'il veuille bien séparer les terres
de l'Inde, de manière qu'il n'y ait plus
de discussion entre notre frère de Portugal et nous.

— Je pense, dit Colomb, que notre
Saint-Père daignera prendre en considé-
ration que mon intention est toujours
d'aller arracher le saint Sépulcre des mains
des infidèles...

— Votre projet, Seigneur Amiral, est
beau en lui et glorieux pour toute la chrétienté,... ajouta le Roi. Et qui l'eût bien
observé en ce moment aurait pu démêler
en sa physionomie quelque chose d'incré-

dule, de froid et presque de railleur...
Votre projet est glorieux, dis-je, mais
nous pouvons en même temps ne pas né-
gliger les intérêts temporels. Les guerres
saintes nous ont été coûteuses. Dieu per-
met qu'on se dédommage sur les infidèles...
J'ai donné des ordres ce matin pour que
toutes choses soient préparées promptement, et qu'il y ait grand nombre de
gens résolus, afin que le manque de
cœurs entreprenans ne soit pas un obstacle à ce qu'une partie des richesses des
villes de l'Inde vienne parer nos églises,...
et que les peuples soient convertis.

— Cependant, s'empressa d'ajouter Isabelle, jamais de rigueur injuste... Les
Indiens, une fois conquis, seront mes enfans.

— Et les nôtres, dit à voix basse l'Évêque Fonseca à Talavera le confesseur.
En ce moment l'heure de se retirer mar-
quée par l'étiquette sonna; les courtisans

se retirèrent, et Colomb avec eux;... et ils
entendirent encore crier sur leur passage :
Vive Don Christoval !... vive l'Amiral de la
mer Océane ! vive le Vice-Roi des Indes !

Nous allons le laisser à ses rêves de
gloire, et retourner dans le beau pays
d'Haïti.

CHAPITRE IV.

La fête de Jocahima.

Il faut savoir ce qu'ignoraient les Espagnols à cette époque, c'est que cette belle
île, couverte de savanes et de forêts, arro-
sée par des rivières nombreuses, était
gouvernée par cinq Caciques principaux
qui avaient sous leurs ordres des Caciques
moins puissans, des Guarapinas et des
Nitayos, formant une aristocratie à laquelle tout était soumis.

On considérait le royaume de Magua
comme le plus important; Guarionex en
était le chef : il dominait sur ces belles
plaines que les Espagnols appelaient la

Vega Real, et dont rien n'égalait la fertilité.

Le royaume de Marien venait après; c'était celui où les Espagnols avaient débarqué. Guacanagari en était le Souverain. Borné au nord et à l'ouest par la mer, au couchant par le royaume de Magua, au midi par les possessions des Caciques de Maguana et de Xaragua, il était encore séparé de l'empire de Cibao par la rivière de l'Artibonite. Le Marien touchait à tous les royaumes, et il était comme une métropole religieuse de l'île entière.

L'Hyguey, où se trouve maintenant Santo-Domingo, était gouverné par Cayagoa; le Maguana était soumis à Caonabo, le Seigneur de la Maison-d'Or : c'était un Caraïbe audacieux qui était entré au milieu des montagnes du Cibao, soumettant tout à son indomptable courage.

Le beau royaume de Xaragua, gouverné par le Cacique Behechio, était renommé entre tous les autres pays; c'est ce qu'on nomme aujourd'hui la Bande du sud de la partie française; le pays de Xaragua avait un langage plus doux et plus poétique que celui des autres contrées; les danses y étaient plus imposantes, la musique plus gracieuse; c'était de là que sortaient ces ballades touchantes que l'on nommait *Areitos,* et qui allaient instruire le reste de l'île.

J'ai déjà dit que le royaume de Marien était comme la métropole religieuse de ce beau pays. C'est que dans les montagnes qu'on aperçoit à quelques lieues du bord de la mer se trouvait, au milieu d'autres temples souterrains, cette caverne de Cazibaxagua, d'où était sorti autrefois le genre humain, quand le soleil et la lune, s'échappant de la terre, l'avait laissée dans une profonde obscurité.

2.

A une certaine époque, fixée par la tradi-
tion, les Caciques arrivaient de toutes parts
vers le royaume du Nord pour assister
aux fêtes solennelles qu'on célébrait dans
les vastes cavernes des montagnes de
Cauta.

Quelque temps après le départ de Christophe Colomb, on vit donc entrer dans le
Marien les chefs les plus éloignés, appor-
tant leurs offrandes, et marchant au milieu
de leurs Nitayos, venus avec eux pour
honorer Jocahima, le Dieu suprême, et sa
mère la bonne Déesse.

Guarionex arriva chargé des fruits dé-
licieux de la Vega. Il portait un beau manteau tissu de coton; ses cheveux étaient
artistement rasés, de manière à former au
sommet de la tête des ornemens plus bizarres qu'élégans; au défaut d'or, que ne
produisaient pas ses belles campagnes, il
portait un long collier de boules de mar-
bre, que les naturels appelaient cibas.

Cayagoa était paré à peu près de même; mais il portait une couronne d'or sur la tête, et les figures symboliques des Zémès étaient peintes avec un soin particulier sur sa peau. Il apportait des vases de serpentine travaillés dans ses États.

Au milieu de cette foule de Seigneurs Indiens étalant leur magnificence sauvage, Behechio se faisait remarquer par les peintures qui ornaient ses membres robustes, par la richesse de sa couronne d'or, par la beauté de sa maçana ou massue indienne, faite d'un bois précieux qui ne croît que dans ses États. Ses présens étaient plus riches que ceux des autres Caciques: c'était la statue du Roi Vagoniona, l'ancien législateur, fondue en or; puis venaient des figures de Génies, sculptées avec art dans un bloc de caoban; des Zémès, un peu semblables pour la forme à ces amulettes Égyptiennes qui représentent un scarabée ; ensuite on remarquait des masques habilement faits en bois, mais dont les yeux et les lèvres étaient en or. Deux hommes portaient un de ces beaux siéges symboliques, appelé *ducho*, qu'on offrait aux hôtes importans, et qui avait dû coûter plusieurs mois de travail : il était fait d'un bois jaune merveilleusement poli, et orné de sculptures en or. C'était l'offrande destinée à Guacanagari.

On voyait même à cette fête religieuse des Chefs de l'île de Cuba. Leur costume était à peu près semblable à celui des Caciques d'Haïti ; seulement ils portaient des manteaux de plumes admirablement travaillés, et leurs présens consistaient surtout en hamacs de fils d'agave, en nattes de coton, sur lesquelles les plumes de l'ara, du colibri et du Tangara, formaient mille dessins éclatans.

Il vint aussi quelques Chefs des Lucayes, mais ils n'apportaient en présent que des fleurs et des fruits, les seules productions de leurs rivages.

Et déjà ces Indiens d'Haïti et des îles voisines formaient une foule immense, que le redoutable Caonabo n'était point encore arrivé.

C'était un spectacle à la fois imposant et varié que cette foule rassemblée dans la ville de Marien, et qui élevait ses cabanes de feuillage à quelque distance du bord de la mer. Ici on voyait des guerriers d'Hyguey, complètement nus, mais peints de vermillon, et portant un arc et des flèches, parceque la nécessité de repousser les agressions des Caraïbes les avait fait devenir guerriers; plus loin c'étaient des Prêtres de l'île de Cuba, couverts de longues robes de coton qui les faisaient ressembler à des religieux. Puis on apercevait çà et là les jeunes femmes nobles avec la nagua blanche qui descendait jusqu'à terre, en formant une espèce de robe flottante qui laissait le sein découvert; des jeunes filles complètement nues, mais ornées de peintures et de colliers d'or, préludaient aux danses symboliques, en se rassemblant quelquefois pour chanter en chœur les louanges des Dieux.

Un Chef caraïbe de la suite de Caonabo paraissait-il avec son diadème de plumes, son grand arc et son redoutable boutou, on voyait fuir cette foule innocente comme les oiseaux des champs fuient devant le vautour; et cependant, depuis leur arrivée dans l'île, les mœurs des Caraïbes s'étaient adoucies; mêlés aux habitans du Maguana, ils venaient comme eux honorer les Dieux.

Dans ces fêtes, les Prêtres jouaient un grand rôle : ils allaient proclamant la puissance des Zémès et des Tuiras, rendaient des oracles au nom de ces Génies. Adroits imposteurs parmi ces peuples innocens, ils conduisaient ceux qui venaient les consulter dans un temple élevé à peu de di-

stance de la ville ; là une statue de Jocahima parlait à ceux qui venaient l'interroger. L'idole, creusée avec art, n'était
que le mystérieux interprète d'un Buhito,
caché dans la verdure hors du temple, et
parlant dans un tube sonore qui rendait
tour à tour des oracles terribles ou con-
solans, bientôt répandus parmi la multitude qu'on entendait murmurer au loin
comme la vague mourante et plaintive.

Mais ce qui occupait surtout cette foule,
et ce qui l'avait rendue plus nombreuse
encore, c'étaient les étrangers venus du
ciel. Guacanagari, porté dans sa litière,
allait partout racontant les merveilles dont
il avait été témoin. Il n'osait se plaindre,
et ne parlait que de la grandeur de ces
Dieux qui étaient venus visiter la terre.

Mais ses sujets rapportaient en même
temps aux Caciques étrangers mille injusti-
ces dont ils étaient victimes ; déjà même des
cruautés s'étaient passées sous leurs yeux, et

ils les rappelaient dans des termes amers et énergiques. Ces hommes du ciel inspiraient donc autant de terreur que d'admiration ; s'il en paraissait un, la foule se pressait d'abord autour de lui, puis elle se retirait en prononçant des paroles où l'on aurait pu distinguer la terreur et l'indignation. Nul cependant ne leur refusait encore un religieux respect.

Enfin on vit arriver, avec le reste des guerriers Caraïbes, ce Caonabo si redouté, le mari de la belle Anacoana, qui, de simple Chef de guerre, était devenu Cacique d'un des royaumes les plus riches d'Haïti.

Ce Chef pouvait passer pour étrange parmi les sauvages eux-mêmes ; sa taille était peu élevée, mais ses larges épaules attestaient une force extraordinaire. Jalouse d'en faire un être parfait, selon les idées de sa race, sa mère l'avait de bonne heure soumis à une opération dangereuse, et elle avait réussi au-delà de ses idées.

Comprimé entre deux planches fortement serrées par des courroies de cuir,
le front de son nourrisson s'était telle-
ment aplati, que sans hausser la tête il
pouvait voir perpendiculairement au-dessus de lui ; degré de perfection qu'on essayait de donner à beaucoup d'enfans
dans les îles voisines, mais qui coûtait la
vie à un assez grand nombre d'entre eux.
Par sa beauté, Caonabo devint l'idole des
Carbets, et lorsqu'il eut atteint sa tren-
tième année, il fut nommé Chef de guerre,
après avoir subi les épreuves d'usage,
plus terribles alors chez ces peuples que
toutes les initiations des hommes civilisés.
Canoabo, comme ses compatriotes, ignorait son âge lors de l'arrivée des Espagnols;
mais il pouvait entrer dans sa quaran-
tième année. Rien ne manquait habituellement à sa parure sauvage : ses bras,
ses jambes et sa poitrine étaient couverts
d'une couche de roucou qui avait pres-

3.   3

que l'éclat du vermillon, de longues zones noires sillonnaient en sens divers la teinture rouge qui brillait aussi sur son visage, et s'arrêtaient aux yeux ; des cercles bleuâtres de jenipaba entouraient les paupières et donnaient aux regards cette fierté sauvage qu'on remarque chez tous les Indiens du Sud.

Un demi-cercle d'or pendait à son cou comme le hausse-col en usage de nos jours ; et ce *caracoli*, ainsi que l'appellent encore les Galibis, était un ornement sans lequel un guerrier n'aurait osé paraître. Caonabo rasait avec soin ses cheveux noirs à peu près comme certains religieux qui ne laissent qu'une couronne au sommet de la tête, et cinq plumes rouges et bleues d'ara formaient une espèce de diadème qu'il portait habituellement, mais que la forme étrange de son crâne rendait quelquefois assez embarrassant. Si l'on ajoute à tous ces ornemens un col-

lier de dents d'une blancheur éclatante,
et si l'on veut se rappeler l'effet que
produit toujours l'alliance du rouge et
du noir, on aura une idée de l'appa-
rence bizarre et terrible du chef des Caraïbes.

Je ne sais trop, d'après les idées de nos
modernes physiologistes, quel fut l'effet
produit sur ses facultés intellectuelles par
cet aplatissement du front qu'on regardait
parmi les siens comme une si grande preuve
de beauté; mais il est probable que la dé-
pression du cerveau avait anéanti chez lui
certaines facultés, tandis qu'elle avait pu
en développer d'autres. Ainsi toute idée
d'affection semblait avoir disparu de son
âme, si ce n'est quand il parlait à Anacoana; tout dans son regard était pour
la ruse et pour la guerre; aucun sentiment d'intérêt ne se peignait sur sa physionomie, alors même que le plus habile
conteur du Carbet célébrait ses propres

exploits ; seulement et à de rares intervalles, quand on venait à parler du
nombre de prisonniers qu'il avait sacrifiés
dans des fêtes sanglantes, il ouvrait la
bouche comme pour sourire, et il re-
muait ses longues dents blanches avec
bruit, comme le crocodile qui dans le repos songe quelquefois à sa proie. Quand
les guerriers le voyaient peindre la figure
de Maboya, le malin Génie, sur sa poitrine,
et saisir son *boutou* (1) de bois de fer, ils
ne l'interrogeaient pas sur ses projets,
mais ils préparaient aussi leurs peintures
de guerre.

Il marchait à la tête des siens sans adresser à la troupe aucun discours ; l'on savait seulement qu'il fallait le suivre : le suivre c'était marcher à une victoire certaine.

(1) Le boutou est le casse-tête des Américains du Sud ;
il diffère essentiellement de celui qui est en usage chez les
habitans du Nord : on l'orne habituellement de dessins ré-
guliers et fort bien exécutés.

Il avait toujours regardé l'arc comme une arme assez inutile, il ne s'en servait jamais à la guerre, et il sacrifiait à une ancienne habitude de la tribu en permettant à ses guerriers d'en faire usage. Couvert de sa rondache de peau, il s'élançait au milieu de la mêlée, évitait les traits, et donnait la mort avec une rapidité qui l'avait fait surnommer *Konomerou*, ou le Tonnerre, par toutes les tribus des îles du voisinage.

Comme la foudre, il lui était impossible de s'arrêter : l'instinct du meurtre l'entraînait et lui donnait pour quelques momens une agilité féroce qu'on ne peut comparer à rien chez les hommes civilisés et même chez les sauvages. Les cris de triomphe que poussaient les siens lui apprenaient-ils qu'on était vainqueur, il semblait n'en ressentir aucune espèce d'enthousiasme, seulement il s'arrêtait un moment et songeait à faire quelques prisonniers pour l'honneur de son Carbet ;

et quand ce dernier soin était accompli,
il liait avec une longue corde d'agave
qui pendait à son cou, les guerriers auxquels il réservait l'honneur du festin, et
tandis que les siens poussaient leur cri
d'*Eura ! eura Oueh !* sur le champ de bataille, il s'asseyait paisiblement au milieu
de ses victimes... Comme si toute chose
lui fût devenue indifférente dans la vie,
il ne regardait plus rien, ou il se conten-
tait d'abaisser quelquefois sur les prisonniers qui l'environnaient ses yeux mornes,
et ils s'animaient alors d'un feu rapide et
vacillant comme ceux du jaguar quand il
se réveille en regardant sa proie, et que
son œil vert brille tout-à-coup d'une
flamme qui meurt et s'éteint dans la joie.

Habituellement la voix de Caonabo était
posée et plaintive comme celle des Américains du Sud, excepté quand il prononçait le terrible *Eura Oueh!* qui termine
les danses de guerre; alors ses compa-

gnons eux - mêmes s'arrêtaient comme s'ils avaient entendu le cri du jaguar, et les femmes qui écoutaient hors de la cabane, regardaient autour d'elles avec effroi.

Au demeurant, il donnait avec facilité ce qu'il possédait, et il aimait assez les enfans de la tribu qui venaient s'emparer souvent de son énorme *boutou;* il souriait en les voyant se jouer avec son collier de dents humaines ; son unique passe-temps était de faire répéter à ces innocentes créatures le cri d'*Eura! eura Oueh!* qui accompagne toujours la mort des prisonniers.

Après s'être emparé du royaume de Cibao, il avait épousé la sœur de Behechio, la belle Anacoana ; et, grâce à cette alliance, ses mœurs s'étaient adoucies. Pour lui plaire, il avait mêlé à ses croyances celles d'Haïti ; mais elle n'avait pu jamais gagner sur lui d'abandonner ses habitudes

guerrières qui le rendaient si différent des
autres habitans d'Haïti.

D'ailleurs son amour des combats était
excité sans cesse par un frère qui devait
lui succéder, et qui avait son instinct terrible de carnage sans avoir ses nobles
qualités : c'était ce Konianbèbe , qu'on
avait voulu unir à Nouna-Koali, mais que
la jeune fille avait dédaigné comme bien
d'autres Caciques.

Caonabo ne fut pas plus tôt arrivé dans
le royaume de Marien , que ces Caciques
timides qui le redoutaient habituellement
se rassemblèrent autour de lui comme
s'ils eussent espéré trouver un abri contre l'insatiable avidité des étrangers. Au
bout de quelques heures il fut assourdi
d'un tel déluge de plaintes , qu'après un
moment de réflexion, il trouva fort extraordinaire que des hommes si profondément offensés n'eussent pas encore eu
l'idée de se venger.

Il sourit de ce sourire froid et méprisant que connaissaient les guerriers de sa tribu, et il se contenta de dire : — Après les fêtes de Jocahima, Konomerou fera chanter leur tonnerre...

Les Européens, accoutumés à la faible indolence des Caciques , remarquèrent bien l'air guerrier de Caonabo ; mais ils ne s'en étonnèrent point, et ils ne firent rien pour arrêter la haine qui s'accroissait chaque jour.

CHAPITRE V.

Les Européens.

Les hommes que l'Amiral avait laissés dans l'île menaient un genre de vie bien différent de celui qui leur avait été imposé par Colomb. Adorés d'abord comme des Dieux, environnés de l'abondance et de la richesse, un incroyable orgueil s'était emparé d'eux ; ils s'appelaient Rois et Seigneurs des Indes.

Diego de Arana, quoique brave, n'avait pas assez de force de caractère pour contenir cette soldatesque effrénée. Les Indiens étaient devenus leurs bêtes de somme ; ils s'en servaient comme on use parmi nous des chevaux pour traverser de vastes espaces; et toujours soumis à ces Dieux exigeans, les pauvres Indiens courbaient patiemment le dos et portaient leurs maîtres au milieu de leurs vallées sur le bord de leurs lacs.

Là, par leurs ordres, les danses sacrées se formaient; les jeunes Indiennes paraissaient-elles à leurs yeux, ils choisissaient les plus belles et les emmenaient dans leur forteresse, où elles devenaient les tristes victimes de la débauche. Les mêmes plaisirs ne convenaient pas à ces hommes de rapine et de sang. Tandis que les jeunes gens s'enivraient d'horribles voluptés, les vieillards cherchaient des trésors. Si quelque chose avait pu égayer ces scènes épouvantables, c'était cette bizarre ivresse de l'avarice, plus insatiable que les autres passions, s'accroissant toujours à mesure qu'on la satisfaisait. D'étranges scènes avaient donc lieu dans le fort : tantôt les jeunes

soldats jouant des boleros sur leurs gui-
tares à cordes métalliques, figuraient des
danses mauresques au milieu des jeunes
Indiens, qui admiraient leur ardeur et
leur agilité; tantôt Gutierrez, couché sur
des monceaux de pépites d'or, essayait
leur poids et leur degré de finesse.

Dans leur joie furieuse et insolente, ces
hommes ne respectaient plus rien ; ils se
riaient des ordres de Diego de Arana qui
cherchait encore à les contenir ; ils ne se
réveillaient de leurs affreuses débauches
que pour inventer de nouvelles perfidies.

Ils voyaient que la grande fête annuelle
de Jocahima se préparait, et ils en montraient une joie farouche, car elle devait
réunir tous les Caciques de l'île, chargés de
présens pour les Dieux : non seulement ils
espéraient en tirer des renseignemens sur
le pays, mais ils pensaient qu'il serait aisé
de s'emparer des trésors destinés à l'ornement des temples.

En vain Ismael, s'unissant à Diego de Arana, cherchait-il à les ramener à de plus nobles résolutions; ils le traitaient de païen et d'idolâtre comme les peuples qu'il défendait, ils se riaient de son culte et de lui, non pas en sa présence, ils savaient ce que disait un de ses regards, ce que valait un coup de son alfange.

Mais comme les chefs eux-mêmes partageaient tous les préjugés de ce temps sur la religion, et qu'ils n'imposaient pas toujours silence aux insolens qui élevaient la voix contre Kaïzar, il était arrivé plus d'une fois que de sanglantes querelles avaient été sur le point d'éclater; l'orage se préparait.

Au bout de quelques jours cependant aucune discussion n'eut lieu dans la forteresse : les esprits furent entièrement au spectacle qui se préparait; la grande fête allait avoir lieu, et de toutes parts la ville de Marien se remplissait d'étrangers.

Guacanagari, Roi-Pontife, les accueillait avec une mélancolique dignité, car c'était peut-être la dernière solennité de ce genre qu'il allait être permis de célébrer.

La fête eut lieu. Les Européens firent bien quelques tentatives pour entrer dans les cavernes où se passait le culte mystérieux de Jocahima, mais on les éloigna avec respect ; s'ils avaient eu quelque clairvoyance, ils auraient pu voir à la conduite des Indiens que ceux-ci commençaient à prendre une grande résolution : les présens qu'ils demandaient leur avaient été refusés, et ils étaient rentrés au fort la rage dans le cœur, injuriant tour à tour Diego de Arana et Ismael, formant mille projets de désordre que leur conduite passée ne rendait que trop redoutables.

CHAPITRE VI.

Le Conseil.

Quelques jours après cette discussion, où le fanatisme arrogant des Espagnols s'était montré à découvert, plusieurs Chefs Indiens convoquèrent un grand conseil où l'on devait délibérer sur la conduite qu'on aurait à tenir désormais avec ces *Maguacochios*, qu'on croyait bien encore d'une origine supérieure à celle des autres hommes, mais qui avaient commis trop de cruautés pour mériter le titre de Dieux, sous lequel on les désignait autrefois dans l'île.

Les Buhitios furent consultés ; ils interrogèrent les Zémès, et il fut résolu que les Caciques s'assembleraient, ainsi que les Devins, entre les domaines de Guacanagari et ceux de Guarionex.

Une vaste cabane, supportée par des piliers de caoban, fut promptement élevée dans un lieu solitaire qui séparait les deux territoires. Deux Zémès d'or y furent placés comme Génies tutélaires : l'artiste indien, en formant ces statues, s'était inspiré de ce qu'il y a de plus grotesque, de plus terrible dans la nature humaine et dans celle des reptiles ou des oiseaux de proie. En les voyant, l'adorateur devait frémir et s'humilier.

Pour l'importante solennité on avait réuni plusieurs siéges consacrés, ornés de sculptures bizarres. On les nommait *ducho*, et ce mot donnait à entendre qu'en y prenant place on se trouvait sous la protection d'une Divinité.

Au jour fixé pour le conseil, les Caciques arrivèrent portés sur des espèces de palanquins. Comme pour la guerre, leurs membres étaient peints en vermillon avec la teinture brillante du bixa, et la figure noire de leur Zémès favori paraissait avec plus d'éclat sur leur poitrine.

Ils prirent place en gardant un profond silence, et ces calumets, qu'ils appelaient *tobaccos*, leur ayant été présentées, ils fumèrent quelque temps sans parler.

Près des Idoles on voyait Guarionex et Guacanagari environnés de leurs Buhitis ; plus loin, mais entre les deux Chefs, se plaça bientôt Caonabo, le Seigneur de la Maison-d'Or, comme il se faisait appeler alors ; on le reconnaissait aisément à sa coiffure de plumes éclatantes, à ses peintures bizarres, aux espèces de bracelets de coquillages qui ornaient l'extrémité de ses jambes, et plus encore à son air farouche et rusé.

Près de lui on remarquait Konianbèbe

3.　　　　　　　　　3.

le Sauvage entre les Sauvages, les Piayes ou Boyes, Prêtres caraïbes, environnaient ces deux Chefs étrangers : ils portaient leurs manteaux de plumes et tenaient en main le maraca, emblème de leur caractère sacré ; c'était une coloquinte ornée de plumes d'ara, remplie de graines retentissantes, et traversée à l'une des extrémités par un bâton qui permettait de l'agiter. Behechio, le Cacique de Xaragua, occupait le troisième rang; le Chef de Ciguey était près de lui avec ses guerriers, qu'on regardait comme les plus braves de l'île, où n'étaient point les terribles Caraïbes. Mayobanex se faisait remarquer par son attitude tout à la fois noble et fière.

La place des Matrones était déserte; on savait qu'elles s'intéressaient trop aux *Maguacochios* pour oser les admettre. On fuma long-temps, et long-temps on garda un religieux silence. La plupart des Indiens n'osaient parler de ces êtres mystérieux qu'ils regardaient comme des Dieux, et ils ne pensaient pas sans frémir que les paroles du conseil parvenaient peut-être aux étrangers à mesure qu'on les prononçait. Guacanagari surtout tremblait en invoquant les Zémès; il lui semblait que le silence menaçant qui régnait dans l'assemblée était déjà un sacrilége, et il dit d'une voix timide :

— Les Dieux sont puissans, il faut les honorer; et il voulut commencer un long discours où il allait rappeler les vertus de Colomb, la vaste étendue de ses navires, la terrible puissance de ses foudres.

Lorsque Caonabo l'interrompit en disant : — Je n'ai pas vu beaucoup ces hommes de la mer, et je n'ai pas entendu leur tonnerre ; mais mon boutou est très fort et mes flèches très rapides aussi... Konianbèbe ne parla pas, mais il agita, en riant silencieusement, ses longues dents blanches comme celles du jaguar;

le discours bref de son frère lui plaisait.

Et Guarionex dit : — Ce ne sont pas des hommes, car ils ont avec eux le tonnerre. Ils ne peuvent jamais être frappés de mort, car les flèches des Caraïbes se briseraient sur leurs vêtemens, qui rayonnent comme le soleil ; ils ne peuvent périr dans les flots, puisqu'ils sortent de la mer.

—Comme l'écume, dit la voix forte d'un vieillard ; et le nom d'écume de la mer resta aux étrangers parmi les Caraïbes (1).

Et Guarionex reprit :

— Les oiseaux meurent dans les airs quand ils le veulent, parceque le soleil est leur père ; et il y a des guerriers qui croient résister à ces Zémès ! de l'or, de l'or, ou ils vous feront tous mourir...

Et une voix faible et tremblante qui partit du sein de la multitude rassem-

(1) *Banalé* ou *banaré*, dont les Caraïbes se servent pour désigner les Européens, ne signifie pas *compère* comme le croient les Européens.

blée au fond de la salle, se fit entendre :
— Les étrangers ne peuvent-ils mourir ?

Jamais cette demande, tout à la fois terrible et imposante, n'avait été faite si franchement : il n'y eut pas de réponse. Toute
l'assemblée paraissait effrayée d'une telle
question ; mais Caonabo rompit le silence ;
il dit d'une voix assurée : — Il faut essayer
si les hommes de la mer peuvent mourir...
Et à son geste expressif il était aisé de
voir qu'il se sentait assez de résolution
pour exécuter ce qu'il proposait.

Mais il n'eut pas prononcé plus tôt les
paroles qui allaient décider du sort de
la nation, que, parmi les timides habitans d'Haïti, il y en eut un grand nombre qui s'agenouillèrent avec toutes les
marques d'un vif effroi ; que des murmures s'élevèrent, et que l'on put croire un
instant que le conseil allait se dissoudre
sans avoir osé rien décider.

Le vieillard qui avait soulevé la grande

question se leva alors; il alla parler mystérieusement aux prêtres, puis il vint près
de chaque Chef, et il leur dit quelques
paroles très bas à l'oreille. Guacanagari
en l'écoutant devint pâle, et l'œil de Caonabo étincela comme celui du serpent
qui guette sa proie sous le feuillage.

Et des voix s'élevèrent encore, criant au
sacrilége, rappelant le pouvoir du tonnerre, les monstres puissans qui avaient
paru un instant sur la mer pour vomir ces
étrangers. Guacanagari rappelait la justice
du grand Zémès, c'est ainsi qu'il nommait
Colomb, les bons procédés qui avaient
marqué d'abord l'arrivée des étrangers; et
il était interrompu par des voix confuses
qui disaient des merveilles qu'on semblait avoir oubliées. — Ce sont des Dieux!
Ces mots retentissaient de toutes parts,
comme le bruit des forêts quand toutes
les feuilles parlent au vent.

Mais chez les Américains le silence n'est

jamais bien long-temps à se rétablir; une gravité solennelle préside toujours à leurs assemblées.

La voix qui avait causé tant de tumulte ne se fit plus entendre; mais un vieux prêtre qui n'avait pas encore parlé se prit à dire: — Parmi les étrangers il y en a qui souffrent, il y a des êtres jeunes et d'autres vieux; les étrangers meurent donc s'ils s'affaiblissent comme nous.

Un long cri d'*Eura !* applaudit à cette sage observation, et le vieillard continua en rappelant les malheurs qui avaient suivi l'arrivée des étrangers : il disait qu'on avait vu déjà leur sang couler, et il termina son discours par les mots terribles : —Ils peuvent mourir!

Le vieux Gumazoa voyant qu'il était compris, parla long-temps encore au Chef caraïbe, et au milieu des murmures prolongés de l'assemblée, on entendit : — Guerriers très courageux..., ce sera au lever de la lune... Il m'a demandé à visiter les solitudes du lac où nous trouvons de l'or... Puis. il accompagnait son discours de gestes bizarres et expressifs que comprenait merveilleusement Caonabo, dont le regard terrible contrastait avec la physionomie fine et rusée du vieillard... Nous saurons si les *Maguacochios* peuvent mourir, furent les dernières paroles qu'on entendit.

CHAPITRE VII.

Konianbèbe.

La conduite des Européens causait depuis plusieurs jours à Nouna une vive et profonde inquiétude; l'air de mystère qui régnait parmi ses compatriotes, l'assemblée secrète qu'on avait tenue à plusieurs lieues de la ville, augmentèrent son effroi. Quand elle sut que le conseil des Caciques était fini, elle voulut, ainsi que plusieurs de ses compagnes, savoir ce qui avait été décidé; mais nul d'entre les guerriers ne consentit à lui répondre : on répétait qu'elle aimait les étrangers, et que la puissance dont ils s'environnaient l'avait

séduite, alors même qu'ils étaient plus terribles au pays.

Aucune matrone n'avait été admise parmi les Chefs; et, sans oser le dire, elles
en étaient vivement irritées; elles soup-
çonnaient peut-être ce qu'on voulait leur
cacher, mais n'osaient même se le confier
entre elles.

— Les Caciques n'aiment pas les étrangers,... dit le soir même Nouna-Koali à sa
sœur.

— Qu'importe aux étrangers ? reprit
Anacoana, ils sont immortels... Puis voyant
l'inquiétude qui paraissait sur le visage
de sa sœur : — Écoute, ma sœur, je suis
une grande Reine, je ne puis demander
ce qui m'a été caché; mais toi, Nouna,
tu es comme la lune, qu'on ne se lasse
jamais de voir, et comme l'oiseau de Vagoniona, qu'on ne se lasse jamais d'entendre : demande, on te répondra comme à
un enfant qu'on aime.

—Tu raisonnes comme une grande Reine et comme une bonne sœur, dit Nouna. J'irai vers celui qui me parle quand je ne veux pas l'entendre, car les autres Caciques me renverraient parmi les fleurs, comme l'oiseau bleu des champs.

Alors elle prit un vase de serpentine rouge orné d'un cercle d'or, qu'elle remplit d'ouicou, boisson petillante comme la bière, mais plus douce et plus enivrante ; et elle alla vers la cabane des Chefs caraïbes, où se trouvait Konianbébe stupidement couché dans son hamac, songeant quelquefois, en riant d'un rire effroyable, à ce qui avait été décidé dans le conseil.

—Guerrier très fort, lui dit Nouna-Koali, ta sœur Anacoana t'envoie ce vase d'ouicou, parceque les guerriers qui reviennent du conseil doivent être très fatigués, ayant parlé long-temps, avec prudence, de guerre... et des choses nouvelles qui sont arrivées dans l'île...

— Les guerriers ont parlé, mais je n'ai point parlé, moi, dit Konianbèbe : je me bats et je tue, mais on ne m'interroge point dans le Carbet... Je boirai avec joie cependant, jeune fille, ce que tu m'apportes dans ce beau *coui* (1), et la première tête de ciguayen que je tuerai j'en ferai une belle coupe blanche que je veux t'offrir.

La jeune fille détourna les yeux avec horreur; mais elle tendit cependant la coupe au sauvage, qui la vida d'un seul trait, la regardant toujours comme le caïman regarde l'utias léger.

—Guerrier très fort, dit Nouna, le conseil a été long...

—Plus long qu'une longue bataille où le guerrier se réjouit dans le sang.

—Les Caraïbes aiment beaucoup la

_____

(1) Nom d'un vase en caraïbe.

guerre ; ce sont de très grands guerriers.

— La joie des hommes est dans les combats, comme la joie des femmes est dans les jeux. Un Chef caraïbe est un très bon mari, Nouna ; sa femme a beaucoup d'esclaves, elle voit mourir beaucoup de guerriers dans de joyeux sacrifices... Et, en parlant ainsi, les yeux bizarres de Konianbèbe laissaient assez voir l'effet du breuvage enivrant, ils étincelaient d'amour et de souvenirs féroces.

— Écoute-moi, guerrier très fort ; une autre fois je viendrai entendre tes paroles sur les joies des femmes caraïbes. Dis-moi seulement, faut-il préparer les chants de guerre ? Les Caciques ont-ils décidé dans le conseil qu'il y aurait la guerre ?...

— Ah ! j'entends ; Nouna,... prépare des chants de mort ;... il y aura des morts, le tonnerre roulera avant de s'éteindre... Le Sauvage dit ces mots ; et il s'arrêta tout-à-coup craignant d'en avoir trop dit.

Et il reprit : — Nouna-Koali, les jeunes filles ne doivent rien savoir de ce qui se passe dans le conseil des Caciques, et tu ne sauras rien, si ce n'est que Kónian-bèbe t'aime beaucoup, et que ta voix le réjouit comme le son d'une petite flûte blanche faite de l'os d'un ciguayen. Viens, ô jeune fille! viens dans mon grand Carbet... Mais il cessa de parler, car la jeune fille s'était enfuie aussitôt qu'elle avait deviné ce qu'elle souhaitait si vivement de savoir.

C'était le matin; elle erra pendant quelque temps dans un trouble extrême, ne sachant quel parti prendre, craignant, par une révélation trop prompte, d'irriter les étrangers contre les siens et d'être la cause des plus grands malheurs.

En d'autres momens l'idée que les étrangers étaient immortels la rassurait; puis elle se rappelait avec effroi qu'elle avait vu leur sang couler, qu'ils étaient sujets aux mêmes besoins que les autres hommes, qu'on les voyait quelquefois malades et réduits à une grande faiblesse, qu'il n'y avait que la mort dont ils semblaient exempts. Là s'arrêtait sa pensée, là s'accroissait son trouble et son angoisse.

Elle réfléchit long-temps, et, comme elle était dans une méditation profonde, un Chef passa et lui dit : — Nouna-Koali, les Caciques croient que tu vas trop souvent parmi les étrangers ; ils pensent que les jeunes filles sont mieux dans la *canay*, tissant des naguas, qu'errantes ainsi sur le rivage... Et il s'éloigna, laissant la jeune fille dans une inquiétude plus grande encore.

Un second Chef se rendait à la ville, et il lui dit : — Nouna-Koali, ce soir les jeunes filles ne doivent point se montrer aux champs ; les Chefs veulent qu'elles rentrent dans les cavernes des Zémès : la lune, dit-on, sera sanglante ;... il y aura de grands sacrifices où les jeunes filles ne doivent pas être...

Ces paroles des Chefs ajoutèrent encore à son trouble. Elle se rappela avec un effroi plus grand les discours de Konianbèbe, les vices des étrangers revinrent à sa mémoire ; sa croyance en leur immortalité s'affaiblissant, ses angoisses redoublèrent ; leur mort lui paraissait certaine. Et cependant quand elle pensait à Kaïzar, elle se sentait presque rassurée, car son amour l'élevait dans sa pensée au-dessus des autres. Elle ne pouvait croire qu'un être si beau, si puissant, fût sujet à la mort. En d'autres momens, après s'être abandonnée à cette idée, elle retombait dans une horrible inquiétude.

Elle se rappelait le sommeil de l'étranger, semblable au sommeil des hommes, et tout pareil à la mort ; elle trouvait dans sa mémoire mille autres circonstances qui augmentaient son anxiété.

Vaincue par ses vagues terreurs, tantôt
elle s'avançait rapidement vers le rivage
où se trouvait l'habitation des Espagnols, tantôt elle s'arrêtait pour réfléchir aux merveilles qui entouraient ces
étrangers, à ce tonnerre dont ils étaient
les maîtres, à ces armes puissantes qui les
rendaient bien redoutables s'ils n'étaient
invincibles.

L'inquiétude enfin l'emporta: elle prit
le chemin qui conduisait au fort de *la Na-
tividad.* Quand elle eut dépassé le grand
bois d'Acomas, et que le bruit des flots
commença à parvenir à son oreille, le soleil était à la fin de sa course; il créait,
avant de s'éteindre, au ciel des nuages
de pourpre, sur la mer des flots d'or.
Au milieu des buissons de hamel on entendait le doux ruiseñor chanter sa plainte
éternelle, et ce chant calma un instant
Nouna-Koali; elle crut un moment qu'au
milieu de ce calme de la terre et des eaux

il ne pouvait y avoir de fureur parmi
les hommes ou les Dieux qui ne s'étei-
gnît. Elle entra dans un étroit chemin
qui conduisait à une vallée plantée de
yarumas et de xagua aux feuilles de
frêne, et comme elle gravissait une petite
colline d'où l'on dominait sur le rivage,
elle vit Ismael assis avec trois étrangers au
pied d'un grand mahogon qui les couvrait
de son ombrage. Elle s'arrêta un instant,
réfléchissant si elle se présenterait à lui
tandis qu'il était avec d'autres Européens.
Tout-à-coup un des étrangers se leva
enflammé de colère, et Ismael se leva
aussi : les deux autres ne restèrent pas
long-temps assis;... ils tirèrent leurs
longues épées en les agitant avec fureur,
et en parlant d'un ton arrogant au Maure,
que ces menaces semblaient profondément
irriter.

Nouna - Koali sentit un mouvement
d'horreur. Les épées se croisaient contre

Ismael qui les écartait en portant à son tour
des coups furieux. A ce spectacle l'Indienne se frappa le front avec angoisse,
puis elle se prit à courir vers le rivage ; et
comme elle avançait davantage, elle vit
distinctement deux des étrangers qui
fuyaient vers le fort, en laissant sur leur
passage une large trace de sang. Le troisième resta seul, se battant toujours avec
fureur. Agile et prompt dans ses coups,
il attaquait hardiment Ismael, qui semblait
quelquefois avoir peine à lui résister, et
toutefois opposant un sang-froid plein de
fermeté aux coups précipités de son anta-
goniste, le Maure le raillait de sa colère.

Comme Nouna-Koali regardait avec une
douloureuse anxiété cette lutte opiniâtre,
les deux combattans disparurent à ses yeux
derrière un bois de guamas et de lataniers.
Un cri se fit entendre, suivi de quelques paroles : — Damné Morisque ! damné
Morisque ! je suis blessé !... mais tu par-

leras un peu mieux une autre fois de san
Iago,... chien de païen!... Ces mots furent
les derniers qu'on entendit.

Comme elle regardait toujours avec une
douloureuse inquiétude, elle vit Ismael qui
se traînait vers la vallée d'Arassoya, passant
lentement, s'attachant aux branches des
arbres, contemplant tristement la mer, et
puis s'arrêtant tout-à-coup, comme s'il
n'avait pu avancer davantage. Nouna-Koali
descendit rapidement dans un ravin qui la
séparait de la vallée; et n'écoutant pius que
le sentiment qui l'entraînait, elle s'élança
à travers un champ d'aloès dont les piques
droites et bleuâtres lui firent mille blessures
qu'elle sentait à peine.

Enfin elle arriva, Ismael était tombé
au pied d'un xagua, et cherchait à étan-
cher le sang qui coulait en abondance
d'une blessure que l'Espagnol lui avait
faite au flanc droit, et qui lui causait une
vive souffrance.

A ce spectacle Nouna-Koali sentit en ses idées un douloureux changement sur la divinité des étrangers ; une muette terreur la tint quelque temps immobile : puis tout-à-coup elle s'élança vers Ismael, fixa ses regards sur les siens et lui dit avec angoisse :—Tu peux donc mourir?... Dieu de ma mère, secourez-le, puisque ce n'est pas un Dieu !... Ses larmes se mêlaient au sang ;... et comme la tête de Kaïzar se penchait sur son épaule ,... elle poussa un grand cri ... Le sang coulait toujours !...

Dans son égarement elle mit la main sur la blessure pour l'arrêter ;... la douleur que ressentit Ismael le rappela à la vie,... et il dit à Nouna-Koali, d'une voix bien faible : — Oh ! jeune fille, jeune fille !... éloigne-toi :... ils vont revenir et ils te tueront... Mais elle s'écriait : — Jocahima ! Jocahima ! fais-moi mourir avec lui,... s'il peut mourir... Et comme si un nouveau courage l'eût tout-à-coup ani-

mée, elle alla arracher dans le sable un bro-
melia dont les feuilles épaisses formaient
un vase rempli de l'eau des pluies, elle lava
la plaie d'Ismael ; et détachant le turban
qui entourait son front, elle en banda
adroitement la blessure, en lui demandant d'une voix pleine de douceur, si elle
ne le faisait pas bien souffrir...

Au bout de quelque temps Ismael essaya lui-même de se lever.—Rester ici, dit-
il, c'est courir de grands dangers ; jeune
fille, va-t-en du moins... Nouna-Koali ne
lui répondit rien.

Elle le regardait, puis jetait les yeux
vers une colline couverte de beaux arbres, environnée elle-même d'une forêt
solitaire qui se prolongeait jusqu'à un
grand lac.

— Écoute, écoute : tu as beaucoup de
courage, et moi j'ai beaucoup de force:
viens jusqu'à la colline,... là les hommes
ne pourront te trouver, tu seras avec les

Dieux... Et en disant ces mots elle voulut prendre Ismael dans ses bras pour l'emporter. Malgré ses cruelles souffrances, il sourit douloureusement des efforts de la pauvre Nouna qui le souleva un moment de terre, mais qui ne put faire que quelques pas chargée de son précieux fardeau. — Que n'ai-je autant de force que d'amour pour toi!... s'écria-t-elle avec amertume.

— Écoute, lui dit-il, puisque tu veux que je vive encore, je vais faire un dernier effort,... essayer de te suivre. Romps une de ces tiges de guyaba, je m'appuierai dessus, et ton bras me soutiendra... Ta douleur me donne de la force, Nouna... Il commença à marcher, quoique souffrant d'horribles douleurs.

Il rassemblait toute son énergie quand il regardait sa jeune compagne qui le contemplait avec inquiétude, et semblait heureuse de chaque pas fait pour gagner la

colline ; elle exigeait cependant qu'il se re-
posât toutes les fois que la souffrance devenait plus vive...

— Prends courage, lui disait-elle, si tu
ne veux me voir mourir ... Puis l'inquiétude de ce qui se passait dans le camp des
Caraïbes, venant encore à l'agiter, elle
s'arrètait tout-à-coup elle-même, cherchant à retenir ses larmes...

— Tu me conduis parmi les Indiens,
bonne Nouna-Koali, mais le chemin est
bien long.

La jeune fille baissa la tête sans répondre,... et à la fin elle dit : —Les Indiens n'aiment pas les étrangers ; je te conduis dans
la caverne des Dieux, où a vécu le grand
Roi Vagoniona. Mon père connaissait cette
mystérieuse demeure, et il me l'a montrée,
à moi seule, pour m'y cacher un jour,
quand les Caraïbes nous menaceraient de
ravager le pays.

En cet endroit la vallée se rétrécissait,

et bientôt ce fut une gorge assez étroite , formée par deux éminences couvertes de vastes yarumas qui croisaient leurs branches énormes , et formaient comme une arcade de verdure se prolongeant jusqu'au lac devant lequel il fallait passer pour arriver à la colline.

Couvert d'une végétation abondante, ce chemin creux conduisait à une autre route plantée d'arbres fort anciens : leur verdure était rare , mais des aloès à larges feuilles croissaient sur leurs grandes branches desséchées ; des bauhinias paraient de leurs filamens de verdure les troncs moussus que mille plantes détruisaient ; des bignonias mêlaient leurs fleurs à ces fleurs de l'air ; après avoir couru à l'extrémité des branches , elles retombaient sur la roche , en formant un rideau de verdure qui parfumait l'air et qu'agitait le vent.

— Je ne sais trop où est notre demeure solitaire , dit Nouna - Koali , en entou-

3. 4.

rant Ismaël de son bras droit pour mieux le soutenir... Il s'arrêta tout-à-coup et lui dit : — Laisse-moi mourir ici, Nouna-Koali, bonne Indienne si remplie d'amour : ma destinée a été bien triste, bien triste aura été ma fin, puisque je meurs devant celle qui avait mis sa joie en mon existence, loin de celle aussi qui ne saura pas que je meurs... Et il récita les prières ordonnées par le Prophète.

— Viens, viens, dit Nouna ; non, tu ne peux rester ici. Mais il s'était presque évanoui, à peine l'entendait-elle...Remplie d'une nouvelle énergie, animée peut-être par le désespoir, la jeune fille le saisit entre ses bras et l'entraîna.

En ce moment ils marchaient dans l'obscurité, la lune n'éclairait pas encore la campagne. Souvent les lianes errantes liaient tout-à-coup leurs pieds, des herbes tranchantes leur faisaient des incisions rapides et sanglantes ; mais Nouna-Koali ne

souffrait que pour Ismael. Bientôt ils arrivèrent sur les bords du lac ; il était entouré de rochers assez élevés, et elle resta
quelque temps dans une profonde incer-
titude sur le chemin qu'elle avait à suivre.
Elle réfléchissait en regardant les étoiles et
les grands arbres qui s'inclinaient au-dessus
des rochers et se prolongeaient à l'Est, en
laissant entrevoir par intervalles une vallée
à l'extrémité de laquelle on apercevait des
feux lointains, tandis que de l'autre côté
se dessinait la colline.

Elle demeura quelque temps dans l'in-
certitude, mais la lune devait bientôt dissiper l'obscurité et lui montrer le chemin
qu'elle avait à suivre; car au bout de quelques minutes elle s'annonça derrière les
montagnes, comme le feu d'un incendie,
puis elle montra à l'horizon son globe
enflammé, colorant tristement le ciel,
mais n'éclairant pas encore suffisamment
la terre.

Cependant Nouna se dirigea alors plus facilement. Ils passèrent derrière les roches de granit qui entouraient le lac , puis se trouvèrent sur une rive sablonneuse où se balançaient quelques palmiers parmi des buissons de pitangas.

Ismael, affaibli par la perte de son sang, voulut se reposer en cet endroit , pendant que la jeune Indienne chercherait à s'orienter. Il se coucha donc , quoique avec grande difficulté , entre de longues herbes.

Nouna se dirigea alors vers un groupe de cocotiers qui mêlaient leurs tiges à quelques pas de la rive ; elle espérait pouvoir monter sur ces arbres et se diriger d'une manière plus certaine ; mais comme elle était près des palmiers, elle aperçut un immense caïman, couvert d'une vase verdâtre , qui regardait la lune en jetant un cri lugubre. A l'approche de la jeune fille, il rentra précipitamment dans le lac ; sa tête seulement passa et ses yeux sanglans brillèrent hors de l'eau.

Elle s'élança rapidement vers Ismael, faisant en courant mille circuits... Le féroce caïman se contenta de la suivre des regards et resta stupidement dans la vase.

Comme elle était fort près de Kaïzar, elle entendit encore du bruit, mais ce n'était point le bruit que font les crocodiles quand ils tombent dans l'eau ou quand ils se jouent sur le rivage. Le bruit augmenta, et elle se cacha parmi les buissons épais d'azalea et de ketmie, retenant sa respiration, évitant de faire elle-même le moindre bruit.

Elle aperçut alors à l'extrémité du petit lac, six hommes, parmi lesquels elle distingua un Européen et deux Chefs caraïbes, que dirigeait un vieillard. Elle prit alors le parti de se traîner entre les herbes jusqu'à Ismael, qu'elle trouva presque évanoui.

Tantôt elle cherchait à le ranimer de son haleine, tantôt on eût dit qu'elle voulait retenir son souffle, car il lui importait de n'être découverte ni par les Insulaires ni par les Européens. Ces six hommes étaient éclairés par la lune et parlaient en ce moment entre eux. Elle ne pouvait entendre leurs discours; mais, de l'endroit où elle était, on distinguait leurs mouvemens.

CHAPITRE VIII.

Peuvent - ils mourir !...

Ces hommes semblaient montrer à l'Européen la vallée comme le terme de leur voyage ; ils essayaient de lui persuader qu'il fallait traverser le lac pour gagner certains rochers; et on entendait par intervalle le mot *or*, retentissant dans cette solitude. L'Espagnol hésitait à passer le lac, il disait à ses conducteurs qu'il était préférable d'attendre sur le rivage le retour du jour ; mais les Indiens insistaient, et ils lui montraient d'assez gros morceaux de métal, lui parlaient avec beaucoup de vivacité , se faisaient des signes entre eux que l'étranger ne pouvait comprendre.

A la fin Guttierez se décida : il monta sur le dos de l'Indien le plus robuste, qui entra dans le lac en recommandant aux autres de le suivre , et en effet ils le suivaient en gardant toujours un profond silence ; ils marchèrent quelques temps ainsi. Nouma-Koali entendait parfaitement le bruit léger qu'ils faisaient en traversant les eaux.

Tout-à-coup un cri traversa la solitude, l'Indien et l'Européen qu'il portait disparurent,... et les autres sauvages se regardèrent avec mystère et inquiétude , puis il y eut grand tumulte.

Une tête parut et elle fut repoussée avec effort par un des Indiens, qui fit un bond dans l'eau tandis que son compagnon se relevait du fond du lac ; alors ils se prirent tous à dire : — Zémès, Zémès, sortez de

ce lac; car nous ne pouvons vous en tirer:
rassurez vos serviteurs, qui n'ont pas su
vous retenir,... pensant que les Dieux
n'ont rien à craindre dans le fond d'un lac
puisqu'ils viennent de la mer... Un Caraïbe sourit, car nulle voix ne sortait des
eaux. — N'en voulez pas aux Indiens,
ô Zémès! vous étiez lourd, et les Indiens
sont faibles... Mais nulle réponse ne venait, et ils commencèrent à se regarder
avec une joie maligne et féroce;... puis ils
renouvelèrent leurs discours, demandant
à Guttierez de paraître, l'invoquant sans
en recevoir de réponse, et se regardant
encore avec une affreuse expression de
doute et d'espoir.

Après s'être regardés ainsi dans un profond silence, et comme saisis de nouveau
d'une crainte religieuse, parceque le grand
mystère allait se dévoiler, les deux Caraïbes plongèrent dans le lac, et ils en tirèrent un corps froid et inanimé. Ils le

3. 5

laissèrent retomber... Les Indiens d'Haïti reculèrent avec les démonstrations du plus grand effroi; mais les guerriers de Caonabo s'écrièrent après un effroyable éclat de rire : — Le Dieu est mort!... Puis ils plongèrent tous et tirèrent de nouveau le cadavre, qu'ils entraînèrent sur le rivage, à bien peu de distance de Nouna-Koali; elle se cacha le visage avec terreur pour ne pas être témoin de ce spectacle épouvantable, qui révélait aux Indiens un horrible mystère qu'elle connaissait déjà. Pour Ismael, cette scène fantastique était comme un rêve; il avait à peine le sentiment de la vie.

Et le Castillan fut étendu sur le rivage ; mais les hommes craintifs qui l'avaient plongé dans le lac se reculèrent encore en voyant son visage éclairé par la lune. Ses paupières ne s'étaient point abaissées, et il semblait regarder ses ennemis qui tremblaient de ce regard d'un mort; et ils parlèrent encore entre eux, disant : — S'il feignait de ne plus vivre pour punir les Indiens !... Puis trois guerriers s'inclinaient avec respect devant ce cadavre;... et comme il ne faisait aucun mouvement, ils commencèrent peu à peu à s'en approcher sans crainte, et finirent par se railler entre eux de leur erreur; on eût dit des Démons le jour où ils virent que l'homme était sujet à la mort.

Et après s'être réjouis silencieusement comme font tous les Américains quand quelque chose les émeut : — Voilà qui est fort bien, dit le vieillard qui avait parlé dans le conseil; il faut chanter la chanson de Caonabo le Terrible. Il poussa un cri lugubre et perçant, qui fut répété par les rochers du rivage, et un grand feu s'alluma tout-à-coup dans l'obscurité sur la montagne la plus voisine ; un autre cri fit allumer un autre feu, et chacune de ces clameurs solitaires était suivie de flammes qui montaient des collines vers les cieux;... les clameurs cessèrent, et les feux continuèrent à s'allumer en silence, comme si un Génie infernal les eût propagés de son souffle sur chaque montagne.

Et les Indiens insultèrent alors au cadavre, chantant sa mort d'une manière lugubre, disant que les vautours aux corps hideux feraient un repas de sa chair, et que pour eux ils comptaient bien se réjouir dans le sang des Dieux. En achévant ce chant de mort, ils se mirent à dépouiller le corps de Guttierez, et dans cette horrible occupation ils ressemblaient aux oiseaux de rapine dont ils venaient de parler... Comme ils allaient se retirer, le silence qui régnait dans la solitude fut tout-à-coup interrompu par d'horribles cris d'*Eura! eura Oueh!* qui partaient des collines et des vallées: la campagne se remplissait de milliers d'hommes, s'élan-

çant vers le rivage avec des torches enflam-
mées. Le cadavre fut abandonné par les
Indiens, qui coururent comme les autres
au pillage; car une lueur immense paraissait du côté de la mer, où l'on entendait
par intervalles des cris et des détonations auxquelles succédèrent un profond silence et des chants de triomphe
plus horribles encore que les cris de
guerre.

Lorsqu'elle fut seule, Nouna-Koali leva
la tête au-dessus des herbes; elle regarda
autour d'elle pour voir si aucun Indien ne
paraissait.

Elle se préparait à faire un dernier effort pour enlever Ismael et le transporter
où elle savait qu'il ne courrait plus aucun
danger, quand des clameurs, d'abord lointaines, se rapprochèrent, quand elle vit
sur le chemin du lac un parti de Caraïbes
conduit par Konianbèbe et se dirigeant
vers la mer. Il était évident que la troupe

infernale allait passer devant l'endroit
où elle se trouvait, qu'on l'avait probablement vue ; que le plus profond silence
ne pouvait pas l'empêcher d'être reconnue
par les Caraïbes, qui ne manqueraient pas
de la questionner et à qui il serait impossible de cacher le malheureux Ismael :
comme les voix se rapprochaient de plus
en plus, elle prit tout-à-coup une grande
résolution.

Elle se leva, rajusta sa couronne d'or,
prit des fleurs qu'elle mêla à ses cheveux,
et d'une voix solennelle elle entonna un
chant de guerre dans la langue des Caraïbes.

Et en effet les guerriers passèrent à quelques pas d'elle, et elle disait :

— Voici une fort bonne nuit, où tous
les *Maguacochios* seront tués, *eura !*...
une fort bonne nuit, en vérité, *eura !*

Nouna-Koali chante parcequ'ils sont
faibles et les guerriers caraïbes très forts.

Ce ne sont que des *Oquili* (1); jetez-les à la mer, *Eura! eura Oueh!*

Et quand Konianbèbe fut près d'elle elle redoubla cet horrible refrain, en ajoutant : — Konianbèbe est un grand Chef : je lui ai promis un chant de mort, et je le chante sous le ciel, en vérité, je le chante.

Et le Caraïbe en passant lui criait : — Bien, jeune fille, bien! Ce soir ma cabane sera fort belle à voir pour une jeune Cacique :... je n'oublierai pas Nouna et son chant de mort. Et il poussait avec ses guerriers les cris d'*Eura!* auxquels répondit pendant quelque temps l'Indienne; ils s'affaiblirent bientôt dans le lointain.

Après que Konianbèbe, courant vers le bord de la mer, eut quitté le lac, Nouna prolongea encore l'horrible chant qu'elle venait de composer ; et, pendant

(1) Les hommes qui ne sont pas Caraïbes.

qu'elle chantait ainsi, elle faisait des efforts pour retenir ses sanglots, car, en
regardant la place où était Ismael, elle
ne voyait plus aucun mouvement ; les
guerriers lui répondirent pendant quelque temps encore, puis la solitude retomba
dans un calme profond.

Nouna - Koali alors se précipita vers
Ismael, et elle vit avec une angoisse inex-
primable qu'il était plongé dans un éva-
nouissement de mort.

Elle courut alors vers le lac, puisa dans
les grandes feuilles du balisier un peu
d'eau, et elle la répandit sur le visage
d'Ismael, qui revint à lui. Sa joie de le
voir rendu à la vie ne peut pas être dé-
peinte ; elle ne perdit pas un instant ; après
avoir jeté un coup d'œil sur les arbres qui
les environnaient, elle aperçut des bana-
niers :... arracher de larges feuilles, les
appliquer sur la plaie et serrer fortement
ce nouvel appareil avec une portion de sa

nagua, ce fut l'affaire d'un instant; elle supplia alors Ismael de faire un dernier effort pour la suivre...

L'étrange scène dont il avait été en partie témoin, un souvenir confus du danger qu'il avait couru parmi les Chrétiens, les pleurs de Nouna, le décidèrent à se lever et à suivre la jeune Indienne, qui avait alors retrouvé parfaitement son chemin, et qui, en faisant d'incroyables efforts pour le soutenir, parvint à l'amener au pied de la colline, où elle avait un désir si ardent d'arriver.

Là Ismael se sentit encore abandonné de ses forces; il chancelait, et il allait tomber de nouveau; mais la certitude de le sauver, la vue d'un asile assuré, où elle pouvait le cacher à tous les yeux, donnèrent à Nouna une énergie dont elle n'eût pas été capable en d'autres temps; elle enlaça ce corps qui s'abandonnait, ses bras, qui se raidissaient, le ramenèrent contre son sein; entraînée alors par ce poids, elle courut vers la colline, où elle avait fait tant d'efforts pour arriver: les plantes grimpantes qui descendaient le long des rochers ne l'arrêtèrent point; elle passa à travers ce rideau de verdure, malgré le léger obstacle qu'ils lui opposaient. En ce moment les lueurs du bord de la mer étaient plus vives, et les détonations des armes à feu se renouvelaient. Ismael ouvrait les yeux avec étonnement, mais il ne pouvait parler; Nouna-Koali traversa rapidement plusieurs corridors qui semblaient avoir été creusés par la main des hommes, et elle pénétra enfin dans la plus grande des cavernes de l'île consacrée à Vagoniona; et quand ils furent entrés dans le temple des Zémès, ils n'entendirent plus que le bruit du vent qui gémissait sourdement sous les voûtes souterraines. — Ici, dit Nouna-Koali, il n'y a que le grand

Roi Vagoniona qui nous voie, et il sait ce
que c'est que la douleur, lui qui a erré
tant d'années pour sauver son ami.

En parlant ainsi, elle déposait Ismael
près de la statue informe du Roi fabuleux,
puis elle sortit tout-à-coup du temple
souterrain, et revint chargée d'une grande
quantité de cette mousse chevelue qu'on
appelle *barbe espagnole*, et qui croît dans
presque toutes les contrées des Tropiques,
en donnant souvent aux arbres le plus
étrange aspect, surtout pendant la nuit,
quand ces longues chevelures noires pendent des branches et sont agitées par les
vents. Elle étendit cette mousse sur une
large dalle de pierre qui était au pied de
la grande idole, puis elle alla cueillir des
branches de pitanga à feuilles de myrte,
qui parfumèrent cette couche en la ren-
dant moins grossière; elle était faiblement
éclairée dans cette occupation par la lueur
fugitive qui venait d'une ouverture circu-

laire pratiquée au-dessus du sanctuaire, comme cela existait dans tous les temples souterrains des Zémès.

Ismael, accablé par la douleur et par la fatigue, ne pouvait guère remercier sa bienfaitrice que par ses regards. Mais au bout de quelques momens de repos sur ce lit de feuillage, ses forces se ranimèrent, il put parler; cependant son extrême faiblesse l'empêchait de voir ce qui l'environnait, il se plaignit bientôt de l'obscurité où il se trouvait, demandant s'il ne serait pas possible d'avoir du feu à la manière indienne en faisant tourner rapidement une baguette de bois dur dans un morceau de bois fort tendre dont les étincelles sont recueillies sur la tige desséchée du maguey. — Écoute-moi, lui dit-elle, aujourd'hui la fumée qui sortirait du temple pourrait nous trahir, parceque cet endroit consacré aux Génies n'est pas éloigné d'un lieu où s'est passé le plus horrible des mystères, et qu'on viendra peut-être visiter le lac où le Maguacochio est mort. Mais attends, les petits Génies de l'air vont nous éclairer dans la sombre demeure des Dieux.

Alors elle sortit, saisit deux luccioles qu'elle trouva sur une fleur de zamia qu'ils coloraient comme une pâle émeraude, et elle rentra dans la caverne tenant dans chaque main ces insectes lumineux qui l'éclairaient de leur lumière bleuâtre. Avec ces deux rayons qui scintillaient et s'évanouissaient tour à tour, on l'eût prise pour la Déesse de la nuit qui venait doucement visiter la terre.

— Comme tu souffres, ô Zémès! dit-elle en approchant un des insectes lumineux du visage d'Ismael, qu'une fièvre ardente dévorait. Va, le Dieu Jocahima, qui nous a envoyé de la lumière dans l'obscurité, nous donnera une boisson salutaire pour te rafraîchir. En disant ces mots, elle prit une des coupes d'or qui étaient restées dans le temple, puis, sortant de nouveau de la caverne, elle revint avec une grappe de guiabara, dont elle exprima un jus acide, qu'elle mêla avec de l'eau, et qu'elle présenta à Ismael... heureusement il s'endormit alors quelques instans. A son réveil il se trouva environné de mille insectes lumineux, qui répandaient dans la caverne une douce lumière, et de fleurs de tamaris, qui donnent, selon les Indiens, des songes heureux.

Et quand il fut tout-à-fait éveillé, qu'il se sentit rafraîchi par le sommeil, qu'il eut respiré ces doux parfums, qu'il eut vu ces innombrables lumières qui brillaient dans les airs et qui se reposaient sur des fleurs, en éclairant la caverne d'une lueur mystérieuse, les fictions de l'Orient revinrent à sa pensée : — *Allah ! allah !* s'écria-t-il d'une voix faible, suis-je dans le palais des Péris aux ailes lumineuses, ou dans la demeure des Génies qui charment l'homme avant sa mort ? Comme il achevait il vit Nouna - Koali le contemplant avec inquiétude : il lui sourit, et elle lui sourit à son tour, rassurée par un doux regard qui peignait plus de surprise que de douleur : — Oh ! dit-il encore, Nouna-Koali ! c'est une houri qui n'est pas au ciel !...

La jeune fille avait entendu prononcer son nom, elle se pencha vers lui comme pour l'interroger, et il essaya de lui parler dans sa langue.

— Nouna-Koali aux yeux noirs, lui dit-il, je te remercie : me voilà comme l'ami de Vagoniona, qui ne devait jamais voir le soleil ; mais je verrai la jeune fille au regard qui guérit.

— Et cependant, répondit doucement Nouna - Koali, il faut que je te quitte, Zémès, que je te quitte pour bientôt revenir, comme la mère du pauvre coati blessé revient vers lui quand les chasseurs ne sont plus dans la campagne.

Puis elle lui fit comprendre que les Indiens ne la voyant pas venir, soupçonneraient qu'elle aurait pu le cacher. Et elle lui expliqua d'une manière bien incomplète, à la vérité, ce qu'elle avait appris de la résolution des Indiens et du sort des blancs ; mais craignant que l'idée d'une horrible scène ne troublât son imagination déjà exaltée par la fièvre, elle le pria de se calmer ; répétant que, le voyant plus fort, elle avait pris la résolution d'aller à la ville pour écarter tout soupçon.

Après avoir mis à côté de lui quelques fruits, un peu d'eau dans un des vases abandonnés sur la table des offrandes, elle le pressa sur son cœur à plusieurs reprises, et elle se décida enfin à le quitter.

Et bientôt elle disparut dans les détours sinueux du temple souterrain ; elle traversa rapidement la campagne ; elle était calme, les clameurs avaient cessé ; on

voyait seulement la lueur mourante des
feux qui avaient été allumés sur les montagnes. Au bout de quelques heures,
Nouna-Koali parvint à la ville des Palmiers : tout y était dans un désordre
étrange; les cris de douleur s'y faisaient
entendre au milieu des cris de joie, et plusieurs Chefs avaient fui dans l'intérieur
pour ne point participer au massacre des
étrangers. Pleurant sur les cadavres qui
l'environnaient, le faible Guacanagari ne
pouvait en croire ses yeux; il interrogeait
ces corps froids et inanimés en versant
des larmes abondantes, il leur répétait que
telle avait été la volonté des guerriers, et
que, pour lui, jamais il n'aurait commis
un crime semblable. Puis il continuait à
pleurer au rire des Caraïbes qui dansaient
au milieu des cadavres sanglans.

La ville de Marien offrait donc l'aspect
le plus singulier : chaque Cacique s'était
cantonné à part avec les siens; chaque

3.   5.

guerrier, étrangement paré de quelque vêtement des Espagnols, exigeait déjà quelques
unes des dépouilles qu'on avait rassem-
blées pour en faire le partage; tantôt c'é-
tait un Sauvage nu se pavanant avec un
haut-de-chausses dont il faisait un manteau;
un autre portait la fraise espagnole avec
la toque de velours, sans autre vêtement
que ses peintures bizarres. Un Caraïbe de
la suite de Caonabo avait suspendu sur sa
poitrine un large plat d'étain en guise de
caracoli; son compagnon avait transformé
en casque un vase du même métal; et
ainsi accoutrés ils délibéraient gravement
dans le conseil.

D'autres étaient beaux à voir avec leurs
membres robustes peints d'une façon toute
guerrière, la grande épée nue suspendue
au côté, le morion en tête, la targe au bras;
en cet état on les eût pris pour quelques
héros des temps anciens : le noble touchait au grotesque, l'horrible au plaisant.

On voyait encore des têtes de Chrétiens piquées au fer des lances devant le camp des Caraïbes, des vêtemens sanglans, hideux étendards qui attestaient la fureur des vainqueurs et le sort épouvantable des vaincus...

Nouna-Koali passa devant ces trophées en détournant la tête,... elle vit sur la place où s'élevait le palais de Guacanágari un groupe de Caraïbes qui essayaient de compter entre eux si aucune des victimes ne leur était échappée, et dont les voix discordantes se mêlaient dans cet effroyable calcul. Ils étaient environnés de la foule, qui les considérait en silence. Koñianbèbe la vit passer, et lui dit : — Nouna-Koali la jeune fille, tu chantais une fort belle chanson de mort ce soir, une chanson de mort sur les étrangers,... les Chefs te feront de beaux présens.

Elle passa rapidement, car un lent murmure sortait du groupe des femmes; et marchant toujours avec un effroi qu'elle avait peine à dissimuler, elle arriva près d'Anacoana.

Là elle apprit dans tous les détails ce qui s'était passé, là elle versa des larmes abondantes. Mais son projet était déjà arrêté; elle dévoila sa conduite à Anacoana; et elle ajouta, en la pressant sur son cœur : — Toi seule peux me sauver; sans moi il meurt... Il faut que Nouna soit près de lui... Ce soir même il faut que tu partes pour le Cibao;... je feindrai de t'accompagner, mais je resterai sur le bord de la mer...

Et Anacoana lui avait répondu : — Je ferai ce que veut ton cœur, Nouna-Koali, toutes ces horreurs se sont passées sans mon aveu : je m'éloignerai de la côte...

Et vers le milieu de la nuit on disait dans la ville de Marien que la belle Anacoana et Nouna-Koali, la Fleur des Mers, étaient parties pour les montagnes de Ci-

bao avec leurs femmes et leurs esclaves...
En effet, elles cheminèrent une partie de
la nuit sur les domaines du Cacique de
Marien; mais avant l'aurore Nouna-Koali
n'était plus auprès de sa sœur, qui avait
promis de l'attendre une journée entière
près du lac d'Orema,

CHAPITRE IX.

La vie dans la caverne.

Le lieu où se trouvait Ismael était la fameuse caverne de Janaboina, qu'on avait abandonnée depuis long - temps parce
qu'elle avait été ensanglantée par les Caraïbes, lors de la grande irruption qu'ils avaient faite sur les côtes fort ancienne-
ment ; on l'avait regardée comme souillée par ces étrangers impies, et le souvenir s'en était perdu. Ainsi que dans tous les temples souterrains de l'île, les parois de la grotte consacrée étaient revêtus de ces sculptures grossières, espèce d'hiéro-
glyphes qu'on ne peut plus expliquer de

nos jours. On y voyait le soleil et la lune sur des pierres triangulaires; puis c'étaient des figures de serpens et d'iguanas, de tortues et d'autres animaux fantastiques. Une statue, ayant des formes tout à la fois terribles et grotesques, était renversée dans le fond du temple, et les Caraïbes l'avaient mutilée avec leurs haches de pierre verte. On apercevait encore d'autres idoles plus précieuses; c'étaient de petites figures d'or pur, éparses çà et là. Les vases des sacrifices étaient près d'elles; et l'on voyait la grande table où l'on aspirait autrefois en grande cérémonie la poudre de tabac dans certaines circonstances.

La grotte principale n'avait qu'une entrée fort étroite, à peu près fermée par les longs filamens du bignonia à fleurs rouges; mais elle était mystérieusement éclairée par une ouverture circulaire taillée grossièrement dans le roc, au-dessus de l'ancien sanctuaire; les tiges rampantes des lianes laissaient alors échapper peu de lumière, et retombaient en longs filamens de verdure dans le temple souterrain, où leurs fleurs, d'un bleu pâle, ne semblaient éclore qu'à regret.

Ismael, après avoir dormi pendant quelque temps, examina dans le plus grand détail cette demeure singulière : sa blessure le faisait beaucoup moins souffrir, et il n'avait plus de fièvre. Tout ce qui lui était arrivé lui semblait un songe vague et douloureux, produit par la faiblesse et la souffrance ; en d'autres instans, les souvenirs lui étaient plus présens : il se rappelait surtout les soins touchans de Nouna-Koali, sa voix entrecoupée de larmes, son sourire quand il avait souri. Il lui paraissait étrange qu'elle l'eût quitté; il pensait avec un horrible effroi que quelque malheur lui était peut-être arrivé à cause de lui. Vingt fois il fut sur le point de se traîner à l'entrée de la caverne, la

douleur l'en empêcha. Il fut plusieurs
heures dans cette horrible situation, pensant qu'il était abandonné de la nature
entière. Ne pouvant croire que Nouna-
Koali ne fît pas tout ce qui était en elle
pour le rejoindre, le moindre mugissement
du vent se plaignant entre les rochers,
le plus léger bruissement des plantes qui
tombaient de l'ouverture d'en haut, le
faisaient tressaillir en lui donnant quelque espoir.

Il était plongé dans ses réflexions lorsque Nouna-Koali entra tout-à-coup dans
la caverne. A son expression d'anxiété
succéda une vive joie quand elle vit que
la blessure d'Ismael avait cessé de le faire
autant souffrir, et que le repos avait ranimé
ses forces. Ismael lui demanda avec un vif
empressement ce qui avait pu la retenir si
long-temps, et lui peignit son inquiétude
sans lui tout dire, car elle-même semblait
accablée de fatigue: — Repose, repose,

3.   6

lui dit-elle;... Nouna-Koali est contente ;
elle sera à la fois ta mère et ta sœur, te
berçant dans le sommeil, te nourrissant
dans le repos.

Et en disant ces mots elle déploya un
beau hamac de fil d'agave, à franges oran-
gées teintes dans le roucou. Après l'avoir
fixé entre deux idoles de pierre, elle aida
Ismael à s'y placer ; puis elle lui présenta
des caïmites et des attes à la crème sucrée.
Ismael, vivement touché de ses soins, rassemblait les termes les plus tendres qu'il
put se rappeler dans la langue haïtienne
pour lui exprimer sa reconnaissance.; il
mêlait quelquefois l'arabe à cette langue
américaine , et la jeune fille souriait
alors , répétant naïvement les paroles
qu'elle n'entendait point , voulant les
apprendre à son tour, et toujours les
répéter... A la fin les instances d'Ismael
furent si vives pour savoir ce qu'étaient
devenus les Espagnols, que Nouna-Koali

ne put lui refuser de le lui dire : elle tâcha
de lui faire comprendre que les Caraïbes,
nombreux comme ses cheveux noirs qu'elle
dispersait en les jetant sur ses épaules,
s'étaient avancés, en poussant le cri de
guerre, sur le rivage, et que là ils avaient
tué dix Chrétiens, et elle montra ses doigts;
et dix autres encore, elle montra ceux
d'Ismael ; que plusieurs *Maguacochios*
avaient fui dans les montagnes, et qu'on
les poursuivait; puis, entraînée par des
souvenirs qu'elle ne pouvait éloigner de sa
mémoire, elle peignit le spectacle qu'offrait
la ville avec des gestes si vrais et si douloureux, avec des expressions si déchirantes,
qu'Ismael, comme hors de lui, crut un instant assister à cette scène de cannibales, et
qu'il s'écria avec angoisse : — O Prophète!
ô Prophète! suis-je destiné à cette épouvantable fête!... En butte à la fureur des
Chrétiens et à celle des Sauvages, faudra-t-il
donc mourir blessé,... sans pouvoir com-

battre? et il retomba dans son hamac, se cachant le visage de ses mains. Nouna-Koali s'aperçut avec inquiétude de l'impression que venait de lui causer son récit.

Elle se pencha sur lui, écarta ses mains, et posant ses lèvres sur son front, elle lui dit avec une expression de tendresse plus vive encore que ses regards : — Crois-tu que l'ara bleu ne sache pas défendre sa compagne quand elle est blessée? J'en ai vu un qui, sur son arbre en fleur, déchirait un vautour. Et en parlant ainsi ses yeux jetaient tant de feu, que ce n'était plus la même jeune fille dont la voix était si douce, même dans la joie.

— Calme-toi, Nouna-Koali aux yeux noirs, calme-toi;... et il mettait sa main sur son cou, cherchant à l'apaiser doucement, car elle pleurait, comme toutes les jeunes filles qui ont de ces accès de courage où le sentiment de la faiblesse succède à l'ardeur de l'âme.

Quelques momens après elle se leva, essuya ses yeux avec sa blanche nagua, et dit : — Nouna ne pleure plus; Nouna veut que tu manges et que tu dormes. Maintenant tous les Indiens sont trop occupés pour venir dans le voisinage de cette caverne. Et en disant ces mots, elle alla dehors, elle en rapporta quelques branches desséchées, puis elle prit un morceau de bois d'agave fort sec et fort léger; elle fit un trou au milieu, elle y introduisit un bâton de bois dur; et, le faisant tourner avec rapidité entre ses mains, il en jaillit bientôt dans l'obscurité quelques étincelles qui s'attachèrent au bois mou dont elle avait environné ce briquet caraïbe en usage chez presque tous les peuples sauvages, mais mal décrit par la plupart des voyageurs. Bientôt son souffle répété alluma les branches sèches, et elle eut la précaution de transporter dans un endroit fort reculé de la caverne des Zémès ce feu qui aurait pu les trahir ; la fumée passait dans un vaste abîme, et se perdait sous les voûtes souterraines dont le temple n'était en quelque sorte que le péristyle.

Ismael la voyait avec admiration occupée à tous ces soins, auxquels de nombreux serviteurs l'empêchaient ordinairement de se livrer, et il ne pouvait se lasser d'admirer sa grâce et son activité quand il la regardait éclairée par la lueur incertaine du feu qu'elle entretenait ; il lui semblait être gardé par une de ces divines habitantes de la terre dont parlent les contes orientaux, qui les comparent à une lune d'or se levant dans une nuit sombre.

Quelques momens après elle sortit encore, et au bout d'une demi-heure elle rentra tenant dans ses mains deux beaux poissons aux écailles dorées, et, dans une corbeille de lianes, des crabes des

montagnes, recouverts de feuilles vertes
sur lesquelles on voyait des patates su-
crées et des racines d'age. — Voici, lui
dit-elle, ce que Jocahima, le Dieu du
ciel, t'envoie, et ce qu'il m'a donné pour
toi, ajouta-t-elle en souriant ; Ismael ne
pouvait revenir de sa surprise en voyant
ces deux poissons qui semblaient sortir de
l'eau, et qui agitaient encore leur queue
dorée.

Nouna-Koali déposa sa corbeille de
liane sur une roche taillée comme un
banc de pierre ; et elle commença à raconter à Ismael comment elle avait pu
faire en si peu de temps cette pêche mi-
raculeuse.

J'ai été, lui dit-elle, sous un caoban, là
j'ai trouvé une racine que connaissent
bien tous les pêcheurs ; et en arrivant près
du petit lac qu'on voit aux pieds de ces
grands yarumas, j'ai exprimé le suc du
sinapou, et je l'ai jeté dans les eaux ; et

les poissons, comme s'ils en étaient brû-
lés, sont venus à la surface, bondissant
entre les eaux tranquilles du lac, na-
geant sur le côté et sur le dos; puis,
demeurant immobiles, laissant voir au-
dessus des petites vagues leur ventre
d'argent; et j'ai dit : Jocahima est bon de
me donner ces beaux poissons. Et Jocahima m'a fait encore trouver ces gros
crabes qui vont rougir sur le feu parcequ'ils ont été trop lents à descendre des
montagnes. Pour ces fleurs et pour ces
fruits, c'est à la femme de Vagoniona que
je les dois sans doute, car je ne les ai pas
cherchés; ces lieux sont bien déserts,
mais la crainte m'agitait toujours. Ismael
écoutait en souriant ces détails naïfs qu'il
ne pouvait entièrement comprendre; mais,
plein de reconnaissance, il se rappela ces
vers du poète Abou 'tthayb :

J'étais comme une plante qui croît dans le
Raudh-Alhazn au matin, j'ai été humecté par une
douce pluie.

Au bout de quelques instans Nouna-Koali lui servit sur de larges feuilles de bananier le simple repas qu'elle venait de préparer, puis elle alla puiser, dans un vase d'or assez ingénieusement travaillé, une eau pure dans laquelle elle exprima le jus écumeux des fruits du caoban.

Ces tendres soins de la jeune Indienne donnèrent un nouveau courage à Ismael et calmèrent son imagination ; il se serait presque trouvé heureux dans cette solitude, si d'épouvantables souvenirs ne s'étaient pas présentés en foule à sa pensée, et surtout s'il s'était senti assez de force pour se défendre dans le cas où il serait attaqué par les Sauvages ou par les Chrétiens.

Et comme ils étaient restés plongés quelques instans dans un profond silence, le rossignol américain fit entendre ses modulations plaintives à l'entrée de la caverne, où un beau pitaya servait d'asile à une foule d'oiseaux.

— Écoute, écoute, il m'avertit de te quitter, la nuit va venir ; il y a plusieurs heures que je suis ici, et il faut que j'aille voir le seul être que j'aime après toi. Anacoana m'attend dans les montagnes ; mais quand je l'aurai revue le temps qu'une mouche luisante met à jeter sa lumière, je reviendrai pour ne plus te quitter. En achevant ces mots elle le pressa long-temps sur son cœur, et le quitta lentement, s'arrêtant quelquefois pour écouter s'il ne l'appelait pas encore ; revenant pour lui parler, et ne pouvant se décider à partir que quand elle entendait le chant du rossignol américain qui annonçait l'heure avancée du jour.

En effet Anacoana l'attendait à un endroit désigné au milieu des montagnes : elle ne voulait pas rentrer dans le royaume de Maguana sans savoir quel était le sort de sa sœur ; bientôt elle vit accourir vers elle Nouna-Koali bondissant comme un jeune utias ; elle la pressait contre son sein, l'inondait de ses larmes, et ne lui disait qu'une seule parole... Il vit !.. Il vit !... Ta sœur est bienheureuse, Anacoana...

Et Anacoana pleurait à son tour en pensant à ce bonheur ; mais elle connaissait trop bien Nouna pour l'engager à la suivre ;... seulement elle lui répéta à plusieurs reprises : — Ta vie est ma vie, Nouna ;... songes-y bien.

Les deux sœurs n'en dirent pas davantage. Pour éviter toute espèce de soupçons, Nouna-Koali monta avec Anacoana dans l'espèce de litière indienne qui servait à transporter les Caciques d'un lieu dans un autre ; mais quand la nuit fut arrivée, on s'arrêta sur les bords d'un petit lac où Anacoana devait passer la nuit, et qui était complètement solitaire ; Nouna-Koali serra long-temps sa sœur contre son cœur, lui dit un long adieu, et gagna la montagne de Janaboina par des sinuosités qui lui étaient bien connues.

Le lendemain Anacoana disait : —La Fleur des Mers est retournée pour quelques jours vers les flots ; elle est allée adorer Jalouca sur un rivage solitaire, dans quelques jours elle nous rejoindra.

Et Nouna-Koali était déjà près d'Ismael, pansant ses blessures qui commençaient à se fermer, le charmant par mille récits ingénieux de la vie indienne, mais ne sortant jamais que la nuit, pour éviter les habitans du Marien, qu'elle craignait autant que les Caraïbes. Plusieurs jours s'écoulèrent ainsi paisiblement. Ismael reprenait ses forces, mais en même temps son âme sentait l'horreur de sa position avec plus d'énergie.

Nouna-Koali, aux yeux pénétrans de laquelle rien ne pouvait échapper, essayait par mille discours pleins de tendresse, de dissiper la sombre inquiétude qui succédait quelquefois dans ses regards à la sécurité que lui inspiraient les soins dont il était entouré.

Elle lui disait, d'une voix douce et lente, tous les chants qu'avait composés Anacoana la Fleur-d'Or; et ensuite, d'une voix plus timide, elle essayait de dire les siens. Et puis elle racontait des histoires merveilleuses du pays de Caniba, où les hommes mangent leurs prisonniers; elle disait le courage des femmes guerrières d'une île voisine, véritables amazones des Antilles; elle parlait des hommes sans tête qui habitaient une contrée lointaine, et de ceux qui vivaient sur les arbres s'élevant au milieu des terres inondées; elle parlait encore de villes aux maisons d'or, dont le cacique était tout couvert d'or lui-même. Quand tu regardes, lui disait-elle en lui parlant de la voie lactée, quand tu regardes cette lueur blanche qui paraît au-dessus de nous, c'est cette ville d'or qui se mire dans les cieux.

Mais sa douce imagination se plaisait davantage à peindre le Paradis d'Haïti, qui n'est point le séjour des Dieux, mais qui devenait passagèrement celui des hommes vertueux. Les ombres y vivent parmi des fleurs éternelles, se nourrissant des doux fruits du mamey, dont le beau feuillage est caressé par une brise insensible aux hommes, mais éternelle pour les âmes. Un jour, en peignant ce lieu de félicité, sa pensée s'arrêta tout-à-coup avec effroi; elle songea que les étrangers étaient bien sujets au trépas, mais qu'ils avaient peut-être été créés par un autre Dieu, et qu'ils allaient peut-être aussi dans un autre lieu après leur mort. Cette pensée, toutes les nations américaines l'ont eue, et elle fut sans doute consolante pour eux, mais elle était insupportable à Nouna.

— Ces délices éternelles, je n'en veux

point sans toi, s'écria la pauvre Indienne;
j'aime mieux, si tu y vas, errer sous l'ombre dévorante des mancenilliers.... Mais
Ismael la rassura, en lui disant que Jocahima était le père de tous les hommes, et
qu'il lui dirait un jour quelles étaient les
lois qu'il avait imposées.

Elle se prit alors à sourire, disant : —
Tes lois seront ma loi, parceque tu n'as
pas cessé d'être un Dieu dans mon cœur,
quoique tu sois un homme pour la mort.
Mais les Buhitios m'ont dit bien des choses
dans mon enfance, que je ne pourrai jamais oublier : tu vois bien cette caverne,
continua-t-elle, le soleil et la lune qui sont
maintenant au ciel y étaient enfermés; ils
percèrent la voûte et s'échappèrent par
cette ouverture d'où tombent des guir-
landes verdoyantes d'azalea, ils laissaient
le genre humain dans les ténèbres. Et une
voix descendit dans l'abîme; elle dit : —
Excepté le grand Roi Vagoniona, nul d'en-

trevous ne pourra contempler le soleil qui
a des rayons d'amour, et la lune qui pâlit
devant lui. Et la multitude demeura con-
sternée, bruissant comme les flots pressés
dans l'abîme des mers. Un être mystérieux,
nommé Macho Kael, fut commis à la garde
de cette multitude errante dans les ténèbres. Cependant les hommes sortirent, et
aussitôt que leurs yeux éblouis eurent été
frappés des rayons du jour, ils se sentirent
transformés en serpens, en tortues et en
grenouilles croassantes qui pleurent dans
les marais. Macho-Kael fut très fâché, les
Dieux le punirent. Les hommes sortaient,
mais toujours durant la nuit, quand les
étoiles jettent une lumière tremblante. Ils
s'enfuyaient le reste du temps dans les cavernes de Cazibaxagua et d'Amayavna, au
sommet de la montagne, et là ils gémissaient
dans les ténèbres. Une fois le grand Roi
Vagoniona envoya un ami qu'il chérissait
tendrement, pêcher dans la mer; il pêcha

long-temps, désirant contenter son Seigneur et son ami. Et il voulut à la fin de la nuit regagner la caverne; mais aux premiers rayons du soleil des sons plaintifs et mélodieux se prolongèrent dans la campagne, avec les lueurs incertaines du jour : c'était l'ami de Vagoniona qui venait d'être changé en ruiseñor; et il chante toujours quand les autres oiseaux se taisent, appelant sans cesse son ami, qui le cherche par toute la terre, mais vainement... Comme je te chercherais, ajouta-t-elle, si tu t'en allais.

CHAPITRE X.

La Romance.

Et il était ainsi dans la caverne des Zémès, songeant à l'étrange destinée qui l'avait conduit vers un monde lointain pour l'isoler à jamais de ses amis; car il ignorait si les Espagnols ne seraient pas massacrés comme leurs frères en débarquant de nouveau sur ces rivages. Quand il se sentait abandonné dans ce lieu sauvage, l'amour de la jeune Indienne ne pouvait plus lui suffire : leurs âmes se comprenaient, mais leurs intelligences étaient iso-

lées. Lorsqu'il l'avait long-temps pressée
sur son cœur, quand un regard ardent
et doux attaché sur ses regards lui avait
fait comprendre qu'elle l'aimait encore
comme un Dieu, quoiqu'elle sût qu'il
était mortel,... quand un chant plein
de mélancolie lui avait peint la tristesse
et les joies de l'amour,... là pour lui s'é-
teignait le plaisir et commençait la douleur; et si la jeune Indienne, s'apercevant
de sa langueur, venait à répéter d'une voix
inhabile les mots espagnols qu'elle avait
appris dans le camp, si une douce expression des Arabes s'échappait de ses
lèvres amoureuses,... cette voix de la
terre natale le faisait tomber dans une
tristesse plus amère ; il avait des souvenirs qu'il essayait d'éloigner ;... il embras-
sait sa jeune compagne avec tendresse,
puis il retombait dans un morne silence et
ne se réveillait de cette angoisse muette
que quand la main de Nouna-Koali venait

caresser son front et doucement relever
ses longs cheveux noirs que ne retenait
plus le turban.

Et un jour il était dans le silence, laissant sa main aux caresses innocentes de
sa jeune compagne, abandonnant son âme
à de vagues souvenirs, quand un bruit
étrange se fit entendre au-dessus de sa
tête, très près de l'ouverture qui éclairait
la caverne des Zémès, et il fesait signe à la
jeune Indienne de ne point bouger; pensant que ce pouvait être quelques guerriers de Caonabo qui cherchaient l'entrée
de l'ancien temple, quand deux voix s'interrogèrent distinctement: ces deux voix
parlaient espagnol, ces deux voix le firent
tressaillir; mais il demeura encore dans le
silence: les Espagnols étaient ses ennemis
comme les sauvages; une seule créature
osait l'aimer!... Immobile comme Nouna-
Koali, que la surprise rendait muette, il
prêta une oreille attentive et il distingua

bientôt, entre plusieurs discours, que ces Européens venaient chercher de l'or.

— Ici, Pedro, ici : donne un coup de pioche entre ces deux rochers, et que Notre-Dame d'Atocha nous favorise! Qui sait si nous ne devons pas aller un jour en mules, comme l'Amiral, dans les rues de la bonne ville de Séville ?...

— Ruiz, Ruiz! la pierre qui recouvre ces trésors est dure; mais j'entends retentir mon coup de pic comme si nous étions au-dessus d'une voûte... Puisque tu n'as pas trouvé d'autre outil pour m'accompagner que ton rosaire et ta guitare, demande au moins le secours de Dieu.

Et Ruiz récita plusieurs oraisons en l'honneur de Notre-Dame d'Atocha au bruit du pic de son camarade, qui frappait vigoureusement entre deux roches de granit sur lesquelles on voyait étinceler quelques paillettes de mica, que ces habiles mineurs prenaient pour de l'or.

Les coups mesurés du pic retentirent quelque temps dans la solitude, jusqu'à ce que Ruiz, interrompant son oraison, se prit à dire à son camarade : — Tu t'entends mieux à tourner le cabestan qu'à manier l'outil de mineur, Pedro : donne-moi la barre, et pendant que je travaillerai chante pour me réjouir; car dans cette œuvre de Satan, le secours de la Vierge n'est pas, je crois, fort nécessaire. Et en disant ces mots il s'empara du pic, enleva du premier coup une pierre fort lourde, et trouva une pépite d'or d'assez peu de valeur, qu'il montra à son compagnon émerveillé : — Ceci, Pedro, est aussi bien de l'or que la châsse de sainte Ursule qu'on voit à Notre-Dame de Guadeloupe... Chante, chante pour nous réjouir.

Alors Pedro prit la guitare que Ruiz avait apportée, et après avoir frappé quelques accords du dos de la main, il éleva une voix sonore dans la solitude et chanta la vieille chanson espagnole qui commence ainsi :

A la porte de l'Enfer il y a un soldat...

— Peut-être bien un matelot, peut-être bien un mineur, dit Ruiz en cessant son travail pour l'interrompre. Je n'aime point cette chanson : l'Amiral l'a défendue à bord, et il s'entend aux choses de religion mieux peut-être qu'un Bénédictin.

— Oui, oui, vrais diables tous tant que nous sommes, il veut nous conduire au Paradis terrestre !... Que te semblerait de Ruiz assis à côté d'un Patriarche ? Et en disant ces mots le matelot poussa un long éclat de rire, donna un coup de pic dans la roche, et s'arrêta pour parler de nouveau à son compagnon :

— Écoute, Pédro, écoute : chante-moi quelque bonne romance moresque ; ce sont les seules qu'un Chrétien puisse maintenant écouter ; elles sont belles à entendre quand tu les chantes d'une voix claire et triste comme la cloche du couvent de Saint-Bernard. Il remua alors plus doucement la terre de son pic, et Pedro chanta cette vieille romance moresque, qui était bien nouvelle alors :...

> Fleuve Vert, fleuve Vert, tu es devenu rouge par le sang !... Tu es devenu rouge par le sang d'Alabez,... par le sang de Benzaïde et d'Almoradis,... par le sang de l'Alcaïde Muley et par celui d'Alamar !...

Et le nom d'Alamar descendit dans la caverne avec les autres noms au bruit des accords qui terminaient ce couplet.

Et à ce nom d'un mort qu'il avait chéri, Kaïzar retira sa main serrée entre les mains de sa compagne; une larme roulait dans ses yeux, un long soupir s'échappa de son sein...

Et il écouta encore, car la voix continuait :

> Fleuve Vert, fleuve Vert, où prends-tu ta course,

et pourquoi roules-tu tant de cadavres de femmes et d'enfans ?... Les flots du fleuve Vert ont répondu : — C'est que les Maures de l'Alpujarras ont été vaincus parcequ'ils étaient sans guide et sans chef;... c'est que les femmes ont été massacrées, et avec elles la belle Zuléma !...

Un sanglot étouffé retentit dans la caverne,... et la douce voix de l'Indienne dit avec une grande terreur : — Qu'as-tu, ô mon Génie? Mais le bruit du vent et les accords couvrirent ces voix gémissantes, et la chanson continua :...

Les eaux du fleuve ont répondu : —Les femmes pleurent, les enfans crient, les villages sont incendiés... S'il nous restait un Roi brave !... Notre Roi est un lâche...

Il y eut des grincemens de dents et des pleurs dans la caverne à la fin de ce couplet... Kaïzar s'était levé.

— On entend un singulier bruit au-dessous de nous...

— C'est un ruisseau qui roule sur des

3.   7

cailloux et le vent qui agite les branches...
La voix chanta encore :

Les eaux du fleuve ont encore dit : — Si nous
avions un Abencerrage :... les Abencerrages sont
chrétiens !... Si nous avions Gazul :... Gazul est
mort!... Si nous avions Abenamar :... Abenamar
est mort frappé de sept coups de lance !... Je l'ai
lavé de mes eaux ;... il n'a pas eu d'autre suaire
que mes vagues !...

Et au nom d'Abenamar, Ismael, qui
s'était levé, retomba près de son amie,
l'entoura de ses bras et versa des larmes
brûlantes sans pouvoir retenir ses sanglots : — Abenamar,... Abenamar !... l'ami
de mes premiers ans!... dit-il en continuant
à pleurer... Et Nouna - Koali pressait sa
tête contre son cœur, mêlait ses larmes
aux siennes et lui donnait mille tendres
baisers.

Les sanglots furent entendus hors de
la caverne : les deux matelots s'arrêtèrent
un moment;... mais le vent s'éleva et fit

crier les arbres qui s'élevaient au-dessus de la colline : quoiqu'un peu troublés, ils crurent que c'était un gémissement du vent. Les coups de pic recommencèrent, la guitare continua :

Et le Chevalier qui interrogeait le fleuve Vert a ainsi parlé à son tour : — Périssent les lâches!... Périssent ceux qui causent tant de blessures et tant de trépas!... Abencerrage est sauvé parmi les Chrétiens; qu'il soit maudit parmi nous!...

Et toi aussi, Ismael Ben Kaïzar, tu as fui! On t'a appelé dans les montagnes et tu n'as pas répondu, Kaïzar!... L'écho de Bentomiz dit maintenant que tu es un lâche!... La sœur qui te reste ne veut pas entendre ton nom, Kaïzar!...

Et le nom de Kaïzar retentit dans le temple :... c'était le dernier mot de la romance, et l'Espagnol le prolongeait au bruit des accords.

Le Maure s'était levé de nouveau; la fureur était dans ses yeux : — Maudit! s'écriait-il, maudit!... Moi, un lâche! moi!... Et je n'ai pas répondu quand on m'a appelé dans les montagnes!... Et en disant ces mots il agitait son bras, serrait la main qu'il tenait et frappait la terre.

La jeune Indienne, le croyant irrité contre elle, était à ses genoux, le suppliant; et il répétait le nom de lâche, la repoussant toujours... Cette voix irritée sortit distinctement de la caverne. Les mineurs écoutèrent quelque temps, et la terreur s'empara d'eux; ils se signèrent. La voix devint plus forte et plus terrible; ils s'enfuirent alors en poussant d'horribles clameurs, et tout retomba bientôt dans le silence. Ismael était étendu sans aucun sentiment aux pieds de Nouna-Koali, qui le serrait contre elle avec angoisse sans pouvoir pleurer...

CHAPITRE XI.

Le Capitaine des Arquebusiers.

On vient de voir par ce qui s'est passé dans la caverne des Zémès, que Christophe Colomb était de retour; c'est ce que pensait confusément Nouna-Koali. Pour Ismael, la fièvre s'était emparée de lui, et il était dans un trouble difficile à exprimer. Ces voix mystérieuses qu'il avait entendues étaient-elles celles d'Espagnols échappés au massacre, il n'avait distingué que leurs chants, et croyait quelquefois les reconnaître; en d'autres instans il pensait que l'expédition de Colomb était arrivée; mais la vive émotion qu'il venait de ressentir lui ôtait la force de sortir de la caverne.

Pendant qu'il ignorait encore ce qui se passait dans l'île, une nombreuse expédition était mouillée dans la baie de Caracol, et les Indiens étaient plongés dans la consternation, car les étrangers avaient acquis l'horrible certitude que leurs compatriotes étaient massacrés, ce qui ne les empêchait pas d'aller à quelque distance de la côte chercher de l'or. Les Indiens tâchaient de faire oublier par une profonde soumission le crime des Caraïbes, partis depuis long-temps.

Le lendemain du jour où était arrivée l'aventure de la caverne, les deux soldats retournèrent au port de la Nativité, et bientôt le bruit se répandit dans le camp que l'esprit des trépassés revenait sur la terre, et qu'au sommet de la colline de Janaboina on avait entendu une voix gémissante qui laissait échapper des mots arabes, et que ces mots, douloureusement prononcés, semblaient exprimer les souffrances d'une âme vouée aux tourmens de l'Enfer.

Ces bruits circulèrent d'abord parmi les soldats, puis ils vinrent aux oreilles des Chefs de l'expédition. On se rappela alors Ismael Ben Kaïzar, et tous ces bons Chrétiens ne doutèrent pas un instant que l'âme du Maure ne parcourût l'île, appelant encore le faux Prophète, qui ne pouvait le secourir. Colomb lui-même s'abandonna entièrement à cette idée superstitieuse; et, malgré l'attachement qu'il avait eu autrefois pour le Maure, il ne douta pas un instant que l'Enfer ne l'eût réclamé. Il essaya de dire une oraison pour le repos de son âme; mais, s'arrètant tout-à-coup, il songea avec effroi que nulle prière ne pouvait retirer des feux éternels une âme que le baptême n'avait point purifiée, et qui, ayant pu connaître la loi du Christ, l'avait repoussée. Et alors une larme tomba de ses yeux, mais il ne reprit pas sa prière.

Jean d'Avallon, qui s'était contenté de voir les vendanges de Malaga, sans aller jusqu'en Bourgogne; Jean d'Avallon, nommé capitaine des arquebusiers, ne fit pas ces réflexions qu'inspirait à l'Amiral un sentiment exalté de la religion; mais après avoir essuyé rapidement quelques pleurs qui roulaient dans ses yeux, il réfléchit à l'agilité du Maure, à sa hardiesse, et il lui vint à la pensée que le fantôme de Janaboina pourrait bien encore être au nombre des vivans. Son plan fut promptement arrêté.

Je prendrai ma forte épée et un rosaire béni par le saint Pape Alexandre; j'irai la nuit sur la colline; je dirai d'abord ma bonne oraison pour chasser le malin et apaiser l'âme du bon Morisque; puis j'entonnerai une joyeuse ballade, et s'il est vivant, il me répondra par un beau sirvente arabe; et, dans ce dernier cas, une bouteille des Canaries le ranimera mieux en-

core que mes chansons. Et par saint Leu! je
le convertirai pour obtenir des indulgences
et pour qu'il n'inquiète plus ses amis. Mais
quand le bon capitaine voulut se faire accompagner par les deux Espagnols, toute
son éloquence échoua; il ne fut pas plus
heureux auprès des Indiens, qui avaient
une sainte horreur de la caverne Janaboina. Cependant sa volonté était inébranlable : il se fit expliquer parfaitement le
chemin qui conduisait à la colline. Comme
on parlait de quitter le port très inces-
samment, il se mit en marche la nuit
même.

Et il le fit sans que personne eût la moindre connaissance de son projet, que tout
le monde aurait blâmé. Notre brave Capitaine avait deux raisons pour ne craindre
ni les esprits ni les vivans, une bonne con-
science, et, comme il le disait lui-même,
sa forte épée.

Il partit par une nuit assez obscure,

mais l'air était rempli de ces lucioles qui
sillonnent l'obscurité de lueurs verdàtres,
puis s'arrêtent sur quelques plantes, et s'é-
teignent pour reparaître encore et sillonner de nouveau les airs de leurs feux innocens. On ne voyait pas les fleurs, mais
on sentait leur parfum : hormis un léger
murmure qui venait de la mer; tout était
en repos. Jean d'Avallon ne put pas s'empêcher de faire cette réflexion, que son
ami habitait au moins un Enfer bien paisible ; mais il ne tarda pas à avoir bientôt
d'autres pensées: il vit que peu à peu les
mouches luisantes s'abattaient vers la terre,
que le bruissement des flots s'accroissait;
un mugissement lointain annonça le mauvais temps. Le ciel au-dessus de la colline
était encore serein; peu à peu le scintille-
ment des étoiles disparut, et il fit une obscurité profonde qui n'était dissipée que
par les sillons rapides des éclairs; le tonnerre ne grondait pas encore, la pluie

commençait seulement à tomber, et le vent des Antilles ployait en gémissant les arbres de la colline.

Telle est souvent l'inconstance du temps sous les Tropiques ; un faible nuage paraît à l'horizon, s'accroît, s'étend, lance la foudre où quelques momens auparavant on respirait paisiblement le parfum des fleurs.

Le Capitaine des arquebusiers ne changea pas comme le temps, dont il n'avait pas prévu l'inconstance ; mais il sentit un moment le désir de rester à l'abri de quelque vieux Mahogon ; puis, comme si cette résolution eût été indigne d'un ancien soldat, il marcha au milieu de la tempête qui allait en s'accroissant.

Il remarqua les roches où, trois jours auparavant, les deux Espagnols avaient entendu la voix mystérieuse, et s'asseyant sur la plus élevée, qui était abritée par un vieux gayac tout couvert de ces longues mousses qui pendent de la tige comme de longs voiles, et que le vent agitait en mugissant, il se reposa.

Dans ce lieu solitaire, le brave se mit à réfléchir plus mûrement : il regarda d'abord au fond des excavations qu'on apercevait entre les rochers, mais il ne vit rien. La solitude était profonde, et il n'entendit que le vent qui sifflait tristement, car la pluie s'était calmée, le tonnerre grondait encore;... quand les échos eurent cessé de répéter son bruit lugubre, notre Capitaine, s'encourageant de tous ses souvenirs de bravoure, s'écria en castillan :

— Ismael Ben Kaïzar, le brave Morisque, au nom du grand saint Leu, votre âme est-elle en peine, dites-le-nous ? un oui n'a pas plus de lettres qu'un non, répondez...

Et il fit le signe de la croix... Sa voix cependant n'avait été que faiblement entendue dans la caverne, où Kaïzar, sur son

lit de mousse, reposait presque complètement rétabli, et où il songeait au moyen de
s'assurer dès le lendemain de ce qu'il ne
faisait que soupçonner. Nouna dormait profondément dans son hamac ; durant deux
jours elle avait été sans repos et sans
sommeil. Ismael s'était levé, car il avait
bien compris que des Européens étaient
sur la colline, et c'était la cause du léger
bruit qu'avait entendu le Français.

Le Maure prêta une oreille attentive à ce
qu'on disait ; mais pendant quelque temps
il n'entendit que le grondement lointain de
la foudre.

Jean d'Avallon de son côté faisait des
réflexions sérieuses sur la possibilité qu'une
âme apparût tout-à-coup devant lui ; il
tenait d'une main sa forte épée, et de l'autre il agitait son rosaire, et peut-être n'a-
vait-il jamais aussi profondément réfléchi
qu'il le faisait en ce moment.

Enfin il dit : — Je ne m'en irai point

sans répéter ma bonne oraison et sans lui
dire une de ces bonnes chansons que nous
disions ensemble. Le Morisque est rusé,
quoique brave, il faut qu'il me reconnaisse
avant de paraître. En disant ces mots il s'a-
genouilla, malgré la pluie qui tombait alors
par torrens; il dit à voix basse une oraison
au grand saint Leu, son patron, qu'il in-
voquait, comme on a pu le voir, dans
toutes les circonstances embarrassantes,
et je ne dirai point dans tous les cas
pénibles, car il était de ceux pour qui les
évènemens cruels de la vie passent plus
aisément qu'une réflexion de tristesse et
d'ennui...

Et après avoir répété trois fois sa prière,
il se leva et donna une atteinte à la bouteille des Canaries qu'il portait à son côté.
La liqueur fit merveille; et quoique l'ondée
tombât encore avec violence, il secoua
la pluie qui l'avait mouillé, et se prit à
chanter avec assez d'assurance cette chan-

son de Jean Regnier, que bien connaissait
le Maure :

> J'ai vu qu'on estoit bien joyeux
> D'avoir parents et grand lignage,
> Car on en souloit valoir mieux ;
> Mais à présent y a dommage !
> Si vueil prendre le dit du sage,
> Qui dit : Mieux vaut amy en voye,
> Que ne fait denier en courroye (1).
> Car mes parents sont endormis
> Auxquels espérance j'avoye ;
> Et pour ce, bien avoir voudroye
> Moins de parents et plus d'amis.

Il allait continuer ; mais il s'arrêta, car
il lui semblait avoir entendu un mouvement étrange au-dessous de lui, et il se re-
tourna alors : on faisait un bruit plus
distinct.

Il portait déjà les yeux autour de lui
avec inquiétude, quand il aperçut une
vive lumière qui semblait s'échapper du
milieu des feuillages, et qui dissipa tout-

(1) Ceinture de peau servant de bourse.

à - coup l'obscurité qui l'environnait...
En voyant cette lueur mystérieuse qui
sortait de la terre, le capitaine des arquebusiers ne put réprimer un mouvement
de terreur bien naturel dans une circon-
stance semblable. Mais il resta ferme, ti-
rant à tout hasard sa bonne épée, et faisant tant et plus le signe de la croix.

Mais une voix sortit tout-à-coup de la
terre, et il entendit ces mots : — Joyeux
chanteur, je t'ai reconnu!... Quelques
momens après il était dans les bras d'Ismael, qui pleurait en l'embrassant.

—Morisque! brave Morisque! je l'avais
bien dit, tu sais trop gentiment jouer de
la dague et de l'alfange pour te laisser
prendre par ces maudits Diables rouges
et noirs qui ont massacré nos Chrétiens.
Et vive saint Leu! je pense que mon pèle-
rinage à Saint-Jacques de Compostelle ne
t'a pas nui; et, en disant ces mots, il ne
pouvait s'empêcher d'embrasser le Maure:

celui-ci ne trouvait pas d'expression pour
répondre à sa joie, mais il l'entraînait
vers sa caverne et le faisait se réchauffer
à ce feu qu'il avait rallumé soudain dans
le fond du sanctuaire, et qui avait produit
cette lueur que le Français avait aperçue
à travers l'ouverture du temple, quoiqu'elle fût embarrassée de buissons et de
lianes; et quand ils se furent examinés
quelque temps à la lueur du foyer, le
capitaine s'écria :

— Pauvre Morisque, combien tu es
changé!... Il porta ses regards autour
de lui; et voyant l'espèce d'abondance qui
régnait dans l'intérieur de la grotte, il se
prit à sourire, et lui demanda gaiement
quelle était la Fée maîtresse du logis?
Kaïzar lui montra alors le hamac où reposait la bonne Nouna-Koali, en lui recommandant de ne point faire de bruit...
Puis, le pressant encore sur son cœur, il
lui fit le récit des maux qu'il avait souf-

ferts, et lui demanda avec avidité des nouvelles de l'expédition.

Et insensiblement des idées plus douces
succédèrent aux pensées terribles qui l'a-
vaient agité : le plaisir de revoir un ami tel
que le brave Jean d'Avallon, la certitude que
son sort ne serait pas horrible comme il
l'avait d'abord cru, tout cela lui donna un
instant de joie... la voix de Nouna-Koali,
qui rêvait, ne tarda pas à la dissiper.

La pauvre Indienne dormait encore
profondément ; le bruit qu'on venait de
faire n'avait pu la réveiller, car le repos
dans lequel elle était plongée était ce repos à la fois profond et accablant qui
subjugue le corps et qui laisse souffrir
l'âme ; sommeil douloureux dans lequel
se confond le rêve et la pensée réelle,
triste repos qui ne vient qu'au matin
quand l'âme a lutté avec angoisse.

—Voyez, brave Juan, dit Kaïzar, voyez
cet ange qui m'a sauvé ; comme elle dort!

et que mon départ va l'affliger ! et il garda quelque temps le silence, la contemplant avec une tendresse où se mêlait la reconnaissance et presque le respect. Dieu m'a fait ton époux, Dieu m'appelle autre part...

Nouna-Koali fit un léger mouvement, mais les traits de son visage se contractèrent ; on eût dit qu'une vive inquiétude l'agitait ; puis elle ouvrit les lèvres, et d'abord ne parla pas ;... quelques mots brefs et sans suite sortirent de sa bouche ; elle soupira, et parla plus distinctement.

— Toujours ces voix,... ces voix du ciel qui ont irrité mon Seigneur,... disant du mal de moi puisqu'il ne m'aime plus. Et elle sembla se rendormir dans le trouble de sa pensée ; son sein était agité, ses lèvres se contractèrent de nouveau, elle étendit un bras...— Ne pars pas, Nitayo,... ne pars pas !... Oh ! si tu savais comme je serais malheureuse !... Gamaonacon, fais-moi mourir s'il ne m'aime plus.

—Quel sommeil, Juan, dit Kaïzar! Quel rêve!... et son rêve il faut bien qu'il s'accomplisse, je dois retourner en Europe; je vous dirai un jour, brave Nazaréen, pourquoi il ne m'est pas permis de rester plus long-temps en ce pays, tout affaibli que je suis encore par mes blessures...

— Seigneur Morisque, je n'entends pas ce que dit cette pauvre Indienne dans son sommeil, mais elle me semble bien tourmentée; réveillons-la.

— La réveiller, Juan! ce n'est point lui rendre la tranquillité : ce qui n'est qu'un mensonge va être bientôt un tourment réel... Je suis maintenant comme le chameau qui entend le bruit d'une source dans le désert, rien ne peut m'empêcher d'y courir. Il a été dit : Les jours de l'homme se passeront dans la douleur.

La voix de la jeune Indienne parla encore; je dis la voix, car il semble que les paroles mystérieuses du sommeil viennent d'une région entre la mort et la vie.

—Autrefois,... et il n'y a pas bien long-
temps encore,... j'étais fort heureuse,...
heureuse comme les petits oiseaux des
champs qui chantent au soleil... Anacoana
ne dis pas cette triste chanson... Il est allé
au sommet des montagnes, où les colombes ne vont pas... Elle demeura quelque
temps dans une immobilité complète,
et comme si toute impression de la vie
avait cessé... Le mystère du rêve ne se
passait que pour elle; elle poussa un grand
cri et se réveilla. Et puis elle jeta autour
d'elle un de ces regards vagues qui cher-
chent à lire ce qu'il y a de réel entre le
sommeil et le réveil;... mais sentant la
main de Kaïzar qui lui pressait doucement
le front, elle s'écria : — Ah! mon Seigneur
est encore ici... Ce n'est qu'un rêve très
méchant que m'a envoyé la mère de Jocahima,... je le vois bien... Mais comme
le jour commençait à paraître à travers les

ouvertures du temple souterrain, elle ne tarda pas à reconnaître Jean d'Avallon, sur lequel tombaient en ce moment les premiers rayons du jour. Mille pensées confuses agitèrent alors son esprit. Elle saisit fortement la main d'Ismael, se cacha le visage :... — Ils sont de nouveau descendus des cieux, oh ! ne les suis pas... Elle répéta long-temps ces mots.

Et ils partirent cependant ; ils partirent, et elle les suivait, soutenant encore Ismael que sa blessure à peine fermée forçait à marcher lentement. Mais tandis qu'ils parlaient entre eux, de grosses larmes tombaient le long des joues de l'Indienne, et Kaïzar, en s'appuyant sur elle, osait à peine la regarder.

CHAPITRE XII.

Une ancienne connaissance.

Quand Ismaël Ben Kaïzar fut parvenu à l'établissement des Espagnols, il se trouva environné aussitôt son arrivée d'une foule curieuse qui ne pouvait comprendre comment il avait échappé à la mort, lorsque tous les Espagnols commandés par Diego de Arana avaient disparu.

Colomb surtout ne pouvait se lasser de l'interroger, et ce qu'il racontait se trouvait parfaitement en rapport avec ce qu'avaient révélé les Indiens dont on s'était emparé. Guacanagari n'était qu'un homme faible qui n'avait pu résister à Caonabo et

aux terribles Caraïbes, qui avaient demandé la mort des étrangers. Et en effet,
quand Christophe Colomb avait interrogé
ce Chef timide du pays de Marien, des
larmes abondantes avaient été sa réponse.
Sa conduite prouva qu'elles étaient sin-
cères, mais qu'elles venaient d'un cœur
sans courage. Pour rendre son innocence
plus évidente, il s'était maladroitement fait
entourer la jambe de bandes d'étoffes,
comme s'il eût reçu une blessure grave en
défendant les Chrétiens. L'imposture avait
été découverte, et cette ruse avait fait
croire à sa perfidie; si bien que le père
Boyl, ce prêtre fanatique et ardent, le
premier missionnaire qui fût venu dans le
Nouveau Monde, voulait commencer son
apostolat par l'exécution d'un Roi, comme
il le termina plus tard par l'excommunication du grand homme auquel il devait
obéir. Chaque fois qu'il était question de
ce projet tout à la fois atroce et ridicule,

une voix forte et martiale disait : — Par l'image de la très sainte Vierge! que m'a donnée mon oncle Fonseca, laissez en paix ce pleureur de Guacanagari ; c'est bien plutôt l'enragé Cacique de la Maison-d'Or, comme ils l'appellent ici, qu'il faut prendre pour l'envoyer à la très sainte Inquisition, et lui apprendre comment on traite les tueurs de Chrétiens...

Celui qui parlait ainsi n'est pas inconnu au lecteur ; mais une année de plus avait singulièrement ajouté à sa force et même à son courage. C'était Ojeda, que nous avons déjà vu dans la Vega de Grenade, et que son goût déterminé pour les aventures avait conduit au Nouveau Monde, où il devait renouveler une partie de ces merveilles qu'on attribue aux preux des romans de chevalerie.

A cette époque c'était un homme dans toute l'activité de la jeunesse, petit, mais d'une telle vigueur qu'on ne pouvait pas

3. 8

au premier abord deviner son étonnante
agilité, aussi prodigieuse que sa force. Son
regard était ardent, un peu hautain, et il
y avait dans toute sa démarche d'autant
plus d'assurance qu'il avait fini par se
persuader que la mort ne pouvait l'attein-
dre dans un combat, grâce à une image
de la Vierge qu'il possédait, et qui avait été
peinte à l'huile par un peintre flamand ;
elle était trop grande pour qu'il pût la sus-
pendre à son cou, mais il la tirait continuel-
lement du coffre où il la tenait enfermée,
pour lui adresser de ferventes oraisons.

Ojeda ne fut pas un des moins surpris
en revoyant Ismael, mais en rival qui sait
revoir un ennemi généreux. Il fut un des
premiers à le féliciter d'être échappé au
massacre des Européens.

Kaïzar, de son côté, ne pouvait trop comprendre comment il retrouvait dans les
campagnes d'Haïti ce brave champion
avec lequel il avait eu un si rude combat

devant Grenade, et qu'un bien sans prix avait dû récompenser de ce courage qu'il avait montré au milieu de l'effroyable incendie de Santa-Fe.

Le jeune Maure se sentait agité de mille sentimens divers : c'était à la fois de la jalousie, de l'étonnement et de l'inquiétude. Néanmoins, en courtois habitant de Grenade, il adressa la parole à Ojeda avec un mélange de politesse et de gravité, se félicitant, disait-il, de le voir dans un pays où son courage pouvait le rendre merveilleusement utile à l'Amiral.

— Ah ! Seigneur Maure, répliqua le jeune Chevalier, vous êtes un champion courtois, et nul ici ne peut mieux le savoir que Don Alonzo de Ojeda. J'espère faire parler de ma bonne lance à la cour du grand Kan de Tartarie; mais, à vous dire la vérité, depuis que je ne vous ai vu, plus d'une fois j'ai regretté de ne pas avoir eu dans la Vega de Grenade ma petite image de la très sainte Vierge; je ne serais pas forcé d'avouer que quelqu'un, dans un combat, m'a pu donner la vie;... non pas, ajouta-t-il aussitôt, non pas que j'aie regret de la tenir de vous, mais, par san Iago! j'étais comme le crucifix de Burgos, qui fait sonner les cloches quand il paraît; c'était un bruit à ne plus s'entendre quand j'allais en quelque lieu, et j'eusse tout autant aimé ouïr une autre musique. Au surplus c'est peut-être le résultat de ce combat qui m'a amené ici. Je ne sais si vous avez entendu parler d'une autre aventure où je me tirai un peu plus adroitement d'affaire... Ici Kaïzar prêta une oreille attentive, car il y avait bien long-temps qu'il attendait que le jeune Aragonais en vînt à cette partie de son histoire. — Hé bien, Seigneur Ismael, la Señora Dorothée de Bovadilla, tout en nous assurant mille fois de sa reconnaissance, ne put jamais se décider à faire un choix entre ses deux sauveurs; elle fit mentir la Reine et les cinquante romances qui avaient été composées sur l'aventure de Santa-Fe; si bien que je fus obligé de me contenter du titre de Chevalier; et qu'après avoir fait une campagne contre les Tunisiens, où, sans trop me flatter, on a dû trouver que mon bras avait quelque vigueur, j'ai pris le parti de me fiancer à ma bonne épée, attendant que la mort nous marie éternellement ensemble... Quand je dis la mort, ajouta-t-il aussitôt, il est probable que les noces ne se feront pas de sitôt.

Si Ojeda eût été autre chose qu'un soldat brave et fougueux, il se fût aperçu, au trouble qui paraissait sur le visage de Kaïzar, de l'impression que lui causait son récit. Il lui apprit encore comment on avait vu un Maure au milieu des flammes, que personne n'avait eu le temps de reconnaître; comment Dorothée menait une vie fort retirée, même à la cour, ve-

nant quelquefois visiter la Reine Isabelle,
qui, ne pouvant comprendre la cause de
sa mélancolie, cherchait par mille faveurs
à la dissiper. Ce fut encore Ojeda qui dit
à Kaïzar que, grâce à la protection spé-
ciale de la Reine, les Maures de Grenade
jouissaient d'une extrême liberté, et de
priviléges auxquels ils ne pouvaient guère
raisonnablement s'attendre, puisqu'on
avait été jusqu'à spécifier, dans les derniers traités, qu'on ne devait demander
compte à aucun Mahométan du sort d'un
Chrétien son captif, l'eût-il fait périr. Et
cependant, ajouta-t-il, il y a déjà eu de
grands troubles dans les Alpujarras; des
bandes sans discipline se sont organisées
au milieu de ces texos (1) qui forment de
grandes forêts à la base de la Sierra-Neva-
da. Le sang des Chrétiens et des Morisques
s'est mêlé dans les montagnes; et à vous

(1) Espèce de pins.

dire le vrai, Seigneur Ismael, j'aurais été
faire ma partie comme un autre à ce nouveau jeu, si je ne m'étais rappelé qu'un
brave Maure de Grenade m'avait fait merci.
En achevant ces mots il tendit la main à
Kaïzar, qui la lui serra avec affection...

Rien de ce que venait de dire le brave
Espagnol ne lui était échappé; mille sentimens oubliés renaissaient en lui. Il rêvait
Grenade libre, les villes d'Ojixar et d'Ha-
lama reconquises. Et une autre pensée se
mêlait encore à ces pensées de gloire; mais
elle était confuse, triste comme ces lueurs
du ciel qui sont mêlées aux ténèbres à la
fin d'un jour orageux, elles parlent mystérieusement d'un temps sinistre sans qu'on
entende le bruit de la tempête...

Tout en cachant ses projets sous l'ap-
parence d'une grande indifférence pour
tout ce qui avait rapport à l'Europe, ce
fut avec une joie difficile à dissimuler qu'il
vit dans le port deux caravelles prêtes à

retourner en Espagne, et sur l'une des-
quelles le brave Français devait repartir
comme porteur d'un message important.
Dès lors Kaïzar parla fréquemment de son
vif désir de retourner à Bentomiz, où
était alors sa famille, du besoin qu'il avait
d'aller soigner en Europe ses intérêts de
fortune, depuis long-temps négligés. La
promesse du passage sur une des caravelles
lui fut accordée. Depuis un jour entier il
n'avait pas revu Nouna-Koali; mais quand
il la contempla dans sa touchante sécurité,
tous ses projets furent sur le point de s'é-
vanouir.

Un jour il était plus indécis que jamais, il pensait à la terrible romance et au
secours que les siens auraient pu tirer de
son bras; le hasard lui fit regarder en ce
moment la poignée de son alfange;.... il y
avait gravé en lettres d'or : *A la volonté de
Dieu;* et ces autres mots que Dieu a écrits,
dit-on, sur le dos du Prophète : *Va où tu*

voudras, tu seras victorieux; et cette autre
légende : *Assurément Dieu te soutiendra,
car il est celui qui écoute et qui entend.* Ces
mots du glaive lui parurent si bien un
ordre d'en-haut, qu'il n'osa plus réfléchir,
et qu'il lui sembla n'être plus qu'un instrument aveugle du destin.

Cependant il ne pouvait exécuter son
projet avant que la ville que l'Amiral pro-
jetait d'édifier ne fût commencée. Après
plusieurs entrevues avec les Caciques, et
surtout avec Guacanagari, il fut convenu
que les Maguacochios oublieraient ce qui
s'était passé. Les navires longèrent la côte,
et débarquèrent l'expédition sur le rivage
montueux où s'est depuis élevé Isabelle.
Nouna-Koali suivit Ismaël dans ce nouveau pays : elle avait pris parmi les siens
le titre de son épouse;... en son cœur elle
l'était vraiment...

CHAPITRE XIII.

L'Urracan.

Quand la grande pensée qui agitait Ismael fut sur le point de se réaliser, quand les navires firent leurs préparatifs pour s'éloigner d'Hispaniola, une autre pensée occupa son cœur : l'idée du désespoir dans lequel allait tomber Nouna-Koali lui déchirait l'âme ; vingt fois il fut sur le point de l'emmener avec lui dans les montagnes ; et puis, réfléchissant que la mort pouvait le frapper, que la jeune Indienne resterait sans secours au milieu d'une population désolée, il abandonnait ce projet pour en former un autre.

Quelquefois il prenait tout-à-coup la résolution d'oublier l'Europe :... l'Europe avait des souvenirs bien puissans, s'ils étaient douloureux, et la patrie bien des droits. L'idée qu'on avait pu le croire un lâche, et qu'on l'avait appelé en vain dans les montagnes, lui donnait une véritable fureur. Puis, en songeant au courage des Chevaliers maures, il avait tout-à-coup des rêves de gloire qui étaient aussi des rêves de bonheur : il pensait qu'il pourrait peut-être rentrer les armes à la main dans Grenade, reconquérir Malaga et Séville, prendre le rang qui lui appartenait, et en conquérir un plus élevé encore. Alors les navires touchaient aux rivages américains, Nouna-Koali venait dans la ville aux minarets dorés; il se rendait aux joutes de Gelves, combattait devant les dames castillanes, parmi lesquelles se trouvait une Chrétienne... Là s'arrêtait sa pensée; là aussi revenaient les souve-

nirs, et il s'écriait : — Je reverrai la Sierra
Nevada, et le beau pays de Grenade, et
la riche terre de Cadix. Et Nouna-Koali
apparaissait moins triste à ses yeux : il
devait un jour la revoir.

Sa patrie l'appelait jusque dans le sommeil; on avait fait périr sa sœur dans d'horribles tourmens, son sang criait vengeance...
Quelquefois il entendait le nom de son ami
descendant lentement dans la caverne, et
l'appelant au combat ; le nom de lâche re-
tentissait à son oreille comme dans le
temple des Zémès ; et alors aussi il se
rappelait les vertus de la pauvre Indienne,
ses joies innocentes, ses terreurs, cet espoir d'un éternel amour, dont elle parlait
comme on parle de la vie... Et il versait
des larmes,... des larmes plus amères que
quand il avait vu tomber Grenade.

Le jour qui précéda celui du départ,
Nouna-Koali vint le voir sans défiance,
montrant une joie innocente. En la voyant

si paisible, il fut sur le point de renoncer à son projet, car il fallait la tromper... Il la trompa... Il venait d'entendre deux Espagnols se riant de Grenade, qu'ils appelaient par dérision la Sainte, et parlant d'un *Auto-da-fe* ou deux cents Morisques avaient péri dans les flammes, criant le nom du Prophète aux Chrétiens, qui les accablaient d'injures.

Quelques jours après, Nouna, portant une corbeille remplie de fruits qu'elle apportait des belles vallées de l'intérieur, contemplait du sommet des rochers deux voiles blanches qui fuyaient sur les vagues comme deux oiseaux de mer ; elle les regarda long-temps sillonner légèrement les eaux et elle dit : — Il est allé vers l'île d'Exuma, où les Indiennes ne vont pas ; il reviendra bientôt...

Mais vers le milieu du jour, comme elle regardait tristement la mer, elle vit avec effroi que les nuages s'amoncelaient au

ciel, et qu'ils entouraient la terre et l'O-
céan d'une vapeur noire et bleuâtre, grise
au Midi, l'autre partie de l'horizon ne
laissait venir qu'un jour douteux; et au
bout de quelque temps cette voûte de
nuages sembla s'affaisser sur la terre; la
mer frémit. Nouna-Koali s'assit contre une
roche, en promenant ses yeux égarés autour d'elle, et ne dit qu'un mot : — L'urracan! l'urracan!... Puis elle détourna les
yeux de la mer.

Alors elle entendit ses profonds gémis-
semens, elle vit son écume dispersée au-
dessus d'elle et lancée par la tourmente
vers les nuées; les palmiers aux troncs
flexibles heurtaient leurs têtes écheve-
lées au milieu des tourbillons de sable;
les arabucans du rivage, gros comme nos
chênes d'Europe, rompaient comme se
rompt un mât de vaisseau, et l'air s'en
jouait, les jetant à la mer, qui les échouait
sur les forêts de mangliers, dont les ci-

mes apparaissaient au fond des gouffres,
comme les bocages de la mort, encore
debout dans la tourmente; et les bruits
se mêlaient; les goélands, faisant de vains
efforts pour rompre le vent, s'appelaient
avec détresse et s'élançaient vers la terre,
asile désolé, qui les repoussait au milieu
d'horribles tourbillons. Tout gémissait
sourdement :... par intervalle la nature
semblait pousser un long sanglot, dans
les forêts qu'on ne distinguait plus, sous
les voûtes caverneuses de la mer où s'en-
gouffraient les flots... Puis il n'y eut plus
de ces grandes voix distinctes : le bruit
des forêts se confondit avec le bruit des
vagues, le bruissement des sables avec le
cri des vents; terrible et lugubre harmonie d'une scène où tout était confondu,
les eaux avec la terre, les nuées avec les
flots. Il y eut de lents coups de tonnerre
qui semblaient dire dans le lointain les
misères de la terre aux cieux.

Enfin la pluie tomba, les vents s'abatti-
rent, l'air devint calme; mais la terre fut
encore désolée, car des torrens roulaient
du haut des montagnes en emportant les
troncs que le vent avait renversés. Les
mouettes recommencèrent à crier sur la
grève... Et Nouna-Koali leva alors sa tête
baignée par les eaux du ciel, elle regarda
la mer qui brisait encore ses vagues immenses, et elle dit : — J'irai à l'île d'Exuma, ets'il n'y est pas, je reviendrai ici,...
ici même où il m'a quittée.

CHAPITRE XIV.

Le Baptême.

La première ville bâtie par les Européens commençait à s'élever dans un lieu qui ne présente plus aujourd'hui que des décombres ; elle offrait aux regards des maisons indiennes, des tentes de guerre et des magasins construits à la manière espagnole : un fort et une église, bâtis au milieu de grands arbres, donnaient un caractère imposant à cette cité guerrière et religieuse qui avait pour armoiries deux colombes sur un champ d'azur.

Quelques bestiaux, source d'une richesse immense, erraient autour de ces

3.   8.

maisons édifiées à la hâte. Au lieu d'une
population active, on n'entendait que des
plaintes; car pour élever cette ville, toute
faible qu'elle était, il avait fallu travailler.

Cinq Castillans (car il n'y avait guère
que les habitans de ce royaume qui ob-
tinssent la permission de passer dans le
Nouveau Monde), cinq Castillans étaient
étendus à l'ombre d'un grand arbre, et
causaient entre eux.

— Où a-t-on vu que des Hidalgos fus-
sent obligés de travailler de leurs mains
comme des maçons? Par saint Jacques! on
s'aperçoit bien que le Génois n'est pas
gentilhomme...

— Croiriez-vous bien, Seigneur Villa-
padierna, qu'il ne veut plus que les femmes indiennes viennent à la ville, et qu'il
nous retire la chance d'être Rois?

— A le voir toujours en prière on dirait
qu'il veut devenir Pape; mais le Père Boyl
l'en empêchera; c'est un moine hardi

comme un capitaine:... avez-vous entendu comme il a parlé hier d'excommunication ?...

Les cinq Espagnols ôtèrent leurs chapeaux.

— Pour moi, dit Luiz de Almazan, je ne suis pas grand cosmographe, il est vrai, mais je trouve que nous avons pris un long chemin pour aller délivrer le saint Sépulcre.

— Et un bien mauvais pour nous enrichir... O pauvre Juan Gomes! pourquoi as-tu quitté la belle Andalousie, où ta bravoure est estimée, ta famille connue, où tes bons pigeonniers pouvaient un jour te rapporter vingt mille maravedis de rente?...

— Votre Courtoisie oublie ses dettes, il me semble, dans son panégyrique, et les alguazils qui vinrent pour la chercher jusque dans les navires du Roi... Moi, je n'avais rien à faire avec la justice.

— Vous aviez affaire à la faim, mon pauvre Pierre de Pineda, ce qui est encore plus dangereux. Mais, je vous le dis, le Génois ne sait pas qui il a emmené en sa compagnie; il est indigne de commander à des Hidalgos! Qu'il nous dise de gouverner une province, et non pas de bâtir ces misérables murailles auxquelles on peut bien faire travailler ces chiens d'Indiens, bêtes sans âmes, qui ont massacré le bon Diego et ses compagnons;... mais patience, ils travailleront à leur tour, ces stupides sauvages qui sacrifient au Démon!

—Et nous aurons leurs horribles idoles, qui sont, ma foi, d'or pur, et qu'on peut fondre; le Père Boyl dit qu'elles appartiennent de droit à son couvent, et l'Amiral les réclame pour les deux Rois. Le Morisque en a emporté sa charge, dit-on; mais lui et le Français sont probablement allés au fond de l'eau pêcher des perles...

— Et c'est encore une faute de l'Amiral : il fallait retenir ce mécréant et s'emparer de ses richesses, comme on le fait en Europe ; mais lui et son damné frère semblent tout faire pour le mal de la couronne.

— Mais tenez, tenez, Cavalleros, voici le vent qui agite le corps de ce pauvre Juan, que l'Amiral a fait pendre pour avoir regardé de trop près une Indienne.

Et la conversation aurait sans doute duré plus long-temps si elle n'eût été interrompue par l'Adelantade, qui vint engager ces gentilshommes à reprendre leur travail,... ce qui ne se passa pas sans de longs pourparlers.

Quelques heures après cette conversation deux Cavaliers se promenaient sur le rivage, en contemplant les désastres de l'*urracan :* c'étaient l'Amiral et son frère qui, veillant perpétuellement à la sûreté de la nouvelle colonie, cherchaient quel

serait l'emplacement le plus propre à choi-
sir pour élever un fort et se défendre un
jour contre les irruptions des Indiens. Ils
s'arrêtèrent à une portée d'arquebuse d'un
petit promontoire couvert de mangliers
parmi lesquels les eaux de la mer venaient
mourir en formant mille golfes irréguliers
entourés d'une verdure éternelle. Un peu
plus loin s'élevait au-dessus des paletuviers
un arbre d'un riant feuillage, paré de ses
fruits roses qui tombaient presque dans
les flots.

— Vois, Barthélemy, disait Colomb à
son frère, comme la nature est belle sur
ces rives sauvages ! comme ces arbres cou-
ronnent les flots ! ils vivent au milieu des
orages...

— Comme toi, mon frère, répondit
l'Adelantade en regardant avec une sorte
de vénération l'Amiral, qui portait déjà
sur son visage l'empreinte des soucis ;
comme toi, qui as fleuri au milieu des

mers, et que les tempêtes n'ont pu abattre.

— Parceque j'avais deux frères, Barthélemy. Mais, dis-moi, mes yeux me trompent-ils comme cela m'arrive si souvent? Regarde sous cet arbre. Une pauvre Indienne n'est-elle pas couchée sous cet arbre aux fruits roses? Les Indiens disent cependant que son ombre donne la mort. La marée d'ailleurs va venir et pourrait l'emporter.

— Le poison de cet arbre est-il donc si subtil, mon frère?

— Juge-s-en : les Indiens n'osent manger le poisson qui se nourrit de ses fruits; ce sont des pommes trompeuses comme celles de l'Enfer... Mais allons réveiller cette pauvre Indienne. Ils se dirigèrent en effet vers l'endroit où ils l'apercevaient; mais ils furent bientôt obligés d'attacher leurs chevaux à des troncs de mangliers, parcequ'il eût été impossible d'entrer avec

leurs montures au milieu de ces arbres
marins.

Ils s'avancèrent dans le labyrinthe sa-
blonneux qui à la marée haute était
recouvert par les flots ; dans quelques
endroits seulement un sol limoneux attes-
tait que les eaux n'avaient pu se retirer
entièrement, et que des milliers de crabes
rouges pouvaient y trouver un asile. Après
avoir passé au milieu de ces mangliers
croissant en bouquets isolés, ou se rassemblant pour former de vastes rideaux
de verdure, ils tournèrent au levant, et
ils se trouvèrent près du mancenilier;
ils virent alors la jeune Indienne qui
dormait profondément.

— C'est une fille de Cacique, dit Colomb ; elle porte une couronne d'or.
Quel étrange hasard l'a conduite sous
cet arbre? Pauvre idolâtre ! tu veux donc
mourir !

— Vois, mon frère, comme elle a

pleuré; ce sont peut-être les pleurs de la mort. Sauvons-la!... Et en disant ces mots Barthélemy prit la jeune fille et la déposa sur le rivage, au pied d'un rocher isolé.

— Je la reconnais, dit Colomb, je la reconnais :... ce fut elle qui nous accueillit la première sur ces rivages. Elle n'est pas morte, et je la sauverai; ce sera un ange dans le ciel, et elle y priera pour ses frères...

Et la pauvre Indienne poussa un long soupir d'angoisse; elle souleva sa tête et la laissa retomber sans ouvrir les yeux, comme quelqu'un accablé par un rêve terrible, qu'il voudrait éloigner. L'ombre du mancenillier ne tue pas, ainsi qu'on l'a souvent répété, mais elle donne un sommeil pesant et douloureux, presque semblable à la mort.

Bientôt Nouna-Koali, car c'était elle, se dressa sur son séant; elle ouvrit ses grands yeux noirs,... mais ils semblaient

3. 9

égarés; sa main se souleva et montra la mer.

Tandis que Colomb la soutenait et lui parlait doucement, Barthélemy marcha rapidement sur le rivage, regardant entre les roches éparses si la tempête n'aurait pas laissé quelques gouttes de pluie; mais tout le rivage avait été séché par le soleil. Enfin l'Adelantade trouva, sur un rocher plus éloigné du rivage, un agave dont l'intérieur était rempli d'eau.

Ce calice naturel, placé ainsi sur une rive aride, lui sembla déjà un miracle; il le détacha de la roche et le présenta à son frère. Colomb soutenait toujours Nouna-Koali, qui revenait bien à la vie, mais qui n'avait pas encore le sentiment de son existence.

— Sers-lui de père dans les cieux, mon frère, dit Barthélemy; nulle main n'est plus digne que la tienne de répandre l'eau sainte. Et il lui présenta le calice.

Colomb le reçut avec respect, pria un moment, et donna le baptême, en ajoutant : — Vierge Marie, reçois cette âme, si elle doit aller dans les cieux ; protège cette jeune fille, si elle doit rester sur la terre. Qu'elle soit Chrétienne. Et les deux frères prièrent quelque temps avec ferveur.

Ainsi fut sanctifiée la première Américaine. Pour temple elle eut le ciel, pour autel le rivage de la mer, pour prêtre Colomb.

Et, comme répondant à ses vœux, le vent gémissait d'une manière solennelle sur les flots ;... la brise de la mer rafraîchissant peu à peu Nouna, elle commença à regarder autour d'elle : ses yeux s'arrêtèrent sur les deux étrangers, et puis elle leur montra les vagues qui s'enflaient doucement.

— Oh ! il y a deux jours,... si le grand lac avait été tranquille comme cela. Nouna

Koali n'aurait pas été dormir sous le mancenillier. Ma sœur disait qu'on y a des rêves
avant de mourir ; je n'ai senti que la main
froide du sommeil et de la mort.

Et Barthélemy dit à son frère : — Elle
est dans le délire. Car ils ne pouvaient la
comprendre.

Voyant qu'elle revenait à la vie, ils lui
donnèrent de nouveaux secours. Barthélemy s'empressa d'aller chercher des fruits
de pitaya, qui croissaient entre les rochers,
et la pauvre Indienne, qui avait été long-
temps sans prendre aucune nourriture,
obéit à la nature et consentit à en manger
quelques uns.

Puis, quand elle eut repris des forces,
le sentiment de ses peines revint avec plus
de véhémence : elle se prit à pleurer amè-
rement, s'interrompant toujours pour parler de la grande tempête qui avait dû bri-
ser les grandes pirogues des étrangers.

Colomb dit à son frère : — Soutenons

cette pauvre Chrétienne et emmenons-la
à Isabelle : nous la remettrons aux soins
des matrones indiennes., Diego l'instruira,
et ce sera une âme gagnée au Seigneur.

———

CHAPITRE XV.

Les grosses cloches et les menottes d'acier.

C'était une de ces belles journées paisibles des Tropiques où tout vit, mais aussi où tout repose : la brise dans les airs, les fleurs dans la savane, l'oiseau sur une branche moussue où une feuille lisse et fraîche l'abrite de l'ardeur du soleil. En ce moment un parfum enivrant qui s'échappe sous les rayons embrasés semble sortir de la terre pour endormir tous les êtres, hormis ces grands papillons aux ailes bleues qui n'aiment à montrer leur azur que parmi des rayons d'or. Gra-

vement balancés dans les airs, puis se
reposant sur une fleur de jamrose, ils parent ce magnifique silence qu'ils n'inter-
rompent jamais. L'ardeur du jour s'accroît-
elle, le cri de la cigara se ravive, meurt,
se ravive encore, en remplissant l'air
d'un bruissement si monotone qu'il ne
trouble point le repos de la nature; quelquefois un oiseau semble compter les
heures de ce beau jour en jetant dans les
airs un cri sonore comme le coup qui part
de l'acier; c'est à cette heure que le colibri
peut vraiment s'appeler un cheveu du soleil, comme disent les Indiens, car il se
joue dans l'air par sillons rapides et lumineux. C'est encore, comme disent les
vieux voyageurs, un petit tourbillon ému
en l'air, plus tard une rose de pierrerie.

Non, qui n'a point joui de ces journées
des Tropiques, au repos enivrant, aux
mille parfums pénétrans sortis de la terre,
des eaux, on dirait presque d'un ciel em-

brasé, ne pourra se faire une juste idée
de ce que j'ai essayé de peindre et qui est
si loin de la réalité !

C'était au mois de janvier 1494 : la Vega
présentait un spectacle bien étrange et
bien douloureux, car en quelques mois
bien du sang avait été versé !... Ici de pauvres Indiens s'inclinaient devant une corbeille remplie de pépites d'or, se disant
entre eux : — Cet or est le Dieu des *Ma-*
guacochios, honorons-le. Et ils dansaient
devant cet or, le suppliant naïvement d'in-
tercéder pour eux auprès des étrangers.
Puis tout-à-coup une terreur nouvelle s'em-
parait d'eux, et ils disaient : — Les étrangers vont venir chercher leur Dieu, et ils
nous tueront... Et ils dispersaient dans le
fleuve ces richesses qu'on devait bientôt
les forcer à recueillir.

Là, c'était des hommes qui se donnaient
la mort volontairement, buvant froide-
ment le suc vénéneux du manioc, et trou-

vant ainsi dans la plante qui avait soute-
nu leur vie innocente la fin de tous leurs
maux.

Au pied des piques raides et sanglantes
de l'aloès, on voyait des Indiens morts.
Dans leur désespoir, ils s'étaient jetés sur
ces pointes terribles. La nature leur offrait
partout des armes muettes ou sanglantes,
mais infaïllibles, puisque l'incendie dévorait leurs villages aux chants de leurs
meurtriers, qui riaient devant ces flammes,
en rappelant qu'un Seigneur de Rome,
nommé Néron, chantait aussi quand Rome
brûlait (1).

Quelquefois on voyait un parti d'Indiens, guerriers par désespoir, venant
pousser un cri de mort sur ces victimes; puis, s'éloignant en toute hâte pour
gagner le royaume de Caonabo, où l'on
se défendait encore, où de sanglantes re-

(1) Las-Casas.

présailles punissaient les crimes des vainqueurs.

Quelques Espagnols s'entretenaient dans
la Vega... Ils étaient mollement couchés
dans des hamacs de coton blanc, sous de
grands yarumas en fleur, qui formaient
une voûte impénétrable aux rayons du soleil, au fond de laquelle on apercevait l'immense savane déroulant au loin sa verdure et ses fleurs. Le rossignol d'Amérique chantait à quelque distance sur un
bananier. Tout était calme : hormis le gro-
gnement de quelques gros chiens couchés
sous les hamacs de leurs maîtres, on n'aurait entendu que le chant du ruiseñor. Tout-
à-coup un des dogues se leva, étendit ses
pattes, et se mit à pousser ce hurlement
étouffé que font entendre les animaux de
son espèce : l'un des Espagnols se réveilla
du demi-sommeil dans lequel il était
plongé ainsi que ses compagnons ; il se
baissa pour jeter une pierre au ruise-

ñor (1), et appela son dogue, qui vint
vers lui en remuant la queue. —Ici, Ber-
gance, ici, mon bon chien; la journée sera
belle aujourd'hui pour la chasse aux Indiens; tu en pleures de joie, ma bonne
bête. Cavalleros, Cavalleros, réveillez-vous
donc! le blond Phébus est réveillé, lui,
comme dirait Jérôme d'Astorga le Poète.
Il est temps de dire notre prière et de
déjeuner.

Les six Espagnols commencèrent à se
jeter à bas de leurs hamacs; et l'un d'eux
alluma du feu à la manière indienne, puis
ils prirent leur chapelet avec beaucoup de
gravité, et ils récitèrent quelques *Ave* en
silence; après quoi ils se saluèrent cérémo-
nieusement comme s'ils avaient été dans
le palais de Séville ou dans les salons de

(1) Les Espagnols donnent ce nom au rossignol : il n'y
a pas de rossignols en Amérique, mais des oiseaux chan-
teurs qui ont pris ce nom.

l'Alhambra. L'un d'eux dit à celui qui paraissait être le chef :

— Seigneur Gonçalo, je veux vous traiter en Roi, et comme Roi peut-être n'a jamais été traité, pourvu que Votre Majesté me permette de m'asseoir à sa table sur la verte pelouse. Et, en disant ces mots, il alla réveiller quelques Indiens qui dormaient sous des monbins, et on les vit bientôt paraître portant avec une peine extrême une masse irrégulière d'or, qu'on eût prise pour un bouclier déchiré sur ses bords si elle avait été partout de la même épaisseur.

— Voilà, dit celui qui avait parlé d'abord, voilà ce que j'ai trouvé hier avec le Seigneur Simanca, et ce que je destine aux deux Rois ; bien entendu qu'on me créera Duc ou Marquis ; mais comme je suis de fort bon lignage et de haute pensée, je me suis réservé le plaisir de vous servir à déjeuner sur ce plat d'or... Ses compagnons admirèrent le rare trésor qu'il avait trouvé, car c'était le plus gros morceau d'or natif qui eût paru aux yeux des hommes; ils rirent beaucoup de l'idée du Seigneur Juan de Zarate; et un cochon des Indes ayant été tué et rôti, on le servit sur ce plat d'or, autour duquel s'assirent les sept Espagnols, qui arrosèrent d'un bon vin de Sétuval ce repas improvisé.

Quand on se fut rassasié, on commença à admirer le morceau d'or natif du Seigneur Zarate. — Belle paillette, ma foi! disait l'un. . .

— Et qui pèse bien trois cents pesos, reprenait un autre.

— Joli bijou, ma foi !

— Et dont un bon ouvrier pourra faire quelque beau Saint, valant à son maître de belles et bonnes absolutions... Puis la conversation continuait sur la difficulté de se procurer de l'or et sur la paresse des Indiens.

— On ne saurait être trop sévère avec ces maudits païens-là, dit le plus âgé de la troupe, homme qu'à son regard oblique, à son teint bilieux, à ses cheveux en désordre, on aurait pu reconnaître pour un de ces individus qu'Isabelle n'aurait jamais laissé partir pour le Nouveau-Monde, si elle l'avait vu. — Il faut châtier ces bêtes sans âme, si l'on ne veut que tous les Espagnols soient anéantis. Et en parlant ainsi, il flattait de la main son chien à poil roux, qui le regardait en ouvrant une effroyable gueule et en animant encore ses yeux sanglans. — Hier ils ont tué un Chrétien dans la Vega, ajouta-t-il.

— Il est bien vrai, Seigneur; mais Don Bustos avait eu l'idée de faire brûler, la veille, treize Indiens en l'honneur de Jésus et des douze Apôtres (1). Ceci a irrité un homme que vous connaissez tous, ce mau-

(1) Las Casas.

dit Guatiguana, le Cacique de la Grande
Rivière...

— Oui, oui, celui-là n'est point comme
cet imbécile de Guacanagari, qui nous
prend encore vraiment pour des Dieux,
et qui vient rendre visite à l'Amiral.

— Les autres Caciques le méprisent encore
plus qu'ils ne le détestent... Il a refusé bête-
ment d'entrer dans la grande ligue faite entre eux, au nom de leurs horribles Démons,
qu'excommuniait si bien le père Boyl...

— Ah! voilà un homme, Bustos; il ne
se souciait non plus de l'Amiral que d'un
païen; avec lui l'excommunication était
toujours prête et rondement lancée...

— Quel dommage qu'il soit parti avec
ce bon Pedro Marguerite, si rude aux Indiens; c'est celui-là qui ne se faisait pas
prier pour en expédier une douzaine.

— Laissez-le faire, laissez-le faire, nous
le reverrons; il est allé dire deux mots aux
deux Rois,... à chacun ce qui lui convient:

une douceur à Isabelle sur la conversion
de ces bêtes brutes, qu'elle appelle ses
nouveaux sujets ;... un bon rapport à Ferdinand sur la conduite que tient le Seigneur Christofero Colombo ;... et le moine
par là-bas ne sera point de trop.

— Oui, oui ; ils arrangeront l'Amiral
comme il convient...

— Lui et ses deux frères... Ce misérable
Diego qui n'a non plus de cœur qu'une
poule mouillée, et ce maudit Barthélemy
qui ne voit que son frère au monde,... et
qui parle quelquefois à un Espagnol comme
il parlerait à un misérable gueux de Cacique.

— Et n'est-ce pas une chose outrageuse
que ces trois misérables Italiens aient ici
quelque pouvoir ? qu'un scélérat comme le
Génois ait osé faire pendre un Castillan ?...
S'il venait ici, je le ferais dévorer, je crois,
par mon chien ;... mais non, la bonne bête,
elle ne va qu'aux Indiens...

— Et à propos, Cavalleros,... en parlant

d'Indiens... savez-vous bien que s'ils
étaient tous comme ce diable de Caonabo
les Espagnols pourraient faire leurs pa-
quets et abandonner les terres qui leur appartiennent si justement, puisque le Pape
nous les a données?... C'est Satan incarné
que ce maudit païen-là :... rien ne lui fait
peur!... et par Notre-Dame de Guadaloupe!
il faut que Lucifer soit son maître et
patron...

— Ojeda le vaut, Ojeda le vaut, vous
dis-je, Bustos !... c'est lui qui sait former
de belles cavalgadas d'Indiens !... Il a l'intention de les envoyer au marché de Cadix comme on y envoie ces calvalgadas
d'animaux qui s'y vendent au temps des
foires. Et par mon saint Patron!...

Comme il allait continuer, nos *Encom-
menderos* (1) aperçurent dans le lointain
un Cavalier qui rasait l'herbe de la plaine

(1) Nom qu'on donnait aux Chefs de villages d'Indiens
soumis.

3.   9.

avec une telle rapidité, qu'il paraissait devoir être en bien peu d'instans près d'eux. Plus loin encore, on commençait à distinguer quelques hommes à cheval qui allaient beaucoup moins vite, mais qui semblaient galoper en désordre dans la Vega.•

— Aux armes! Cavalleros, aux armes! les Chrétiens commandés par le Seigneur Ojeda sont sans doute poursuivis par des milliers d'Indiens. Je pensais bien que ce maudit païen de Caonabo nous jouerait quelque tour. Mais, par le reliquaire de saint Jacques le Mineur! c'est donner double victoire à ces chiens de Sauvages que de courir ainsi devant eux, quand on a une arquebuse et une cotte-de-mailles... Certes, je ne reconnais pas là le Seigneur Ojeda...

— Eh bien, vous le reconnaîtrez tout à l'heure à votre aise, car, si je ne me trompe, c'est lui qui fuit ainsi plus vite que les autres, rasant l'herbe touffue, comme un daim que poursuivent des chasseurs.

— Il n'est pas seul, et vient en étrange compagnie.

— Ne voyez-vous pas que c'est quelque fille de Cacique qu'il enlève. Je vois d'ici sa couronne d'or qui luit aux rayons du soleil...

— Étrange Princesse, je crois ; et dans tous les cas elle ne va guère de son gré... Voyez donc comme elle se débat. Ils tomberont, à coup sûr, si ces mouvemens fougueux durent plus long-temps ; et voyez,... voyez comme ils bondissent sur le cheval !

En ce moment le Cavalier arriva à fort peu de distance d'eux, et ils l'entendirent qui criait : — Riche butin, Señores ! riche butin ! Vive Castille et Leon ! Mais le damné veut me mordre ; il est temps que j'arrive... Et, par saint Jacques ! il me mangerait tout cru, ne pouvant me manger rôti. Quelques instans après, on entendit des cris étouffés de rage, qui se mêlaient à ces cris joyeux. Le Cavalier s'arrêta tout-à-coup dans le lieu où les Espagnols étaient campés, et ils virent clairement ce qui avait excité si vivement leurs conjectures.

Derrière l'intrépide Ojeda, qui était couvert de sueur et de poussière, se trouvait un Sauvage aux formes athlétiques, dont les mains étaient liées par des menottes d'acier éclatant, et dont on avait lié fortement le corps au corps de celui qui le menait en croupe, de telle sorte qu'aucun effort ne pouvait le dégager. Ses yeux noirs lançaient obliquement un feu sombre, car il n'osait les lever; seulement par intervalle sa fureur lui arrachait un cri lugubre, étouffé, toujours suivi d'un mouvement terrible de tout le corps, qui faisait bondir malgré lui son Cavalier...

— Doucement, dit celui-ci en s'affermissant sur sa selle. Je le conduis comme une mariée de Mudejar en croupe sur ma douce haquenée, et il n'a pas l'air d'en être plus joyeux. Cavalleros, connaissez-vous l'oiseau qui chante en ce moment?

Les assistans, muets de surprise, se préparaient à lui faire mille questions, quand les autres Cavaliers arrivèrent au grand galop, criant autant qu'ils avaient de voix : — Vive Castille et Leon! Caonabo le grand Diable d'Enfer est pris!... Et en entendant prononcer son nom au milieu de ces cris joyeux, le Sauvage poussa un long cri de douleur, qui retentit dans la Vega comme le rugissement d'un taureau qui vient d'être blessé; puis il retomba dans un morne silence, qui avait quelque chose de stupide et cependant d'effrayant. En ce moment tous les Chrétiens l'entourèrent, le regardant avec une curiosité inquiète. Mais lui, il ne regardait personne, il ne faisait plus aucun mouvement; il semblait que ce grand cri d'angoisse fût un dernier adieu à la liberté, pour laquelle il avait tant fait; on eût dit que dans ce moment il essayait de changer de courage, prenant celui d'une noble et imposante résignation, parceque la valeur que donne une ardente et persévérante énergie devenait inutile.

— Il paraît, dit Ojeda en voyant son ennemi si calme, il paraît que le Seigneur de la Maison-d'Or a pris un parti que pour mes pauvres reins il eût été à désirer qu'il prît un peu plus tôt; à coup sûr les cordes y ont laissé de rudes empreintes. Au surplus, Seigneurs Cavaliers, continuat-il en s'adressant aux Espagnols qui venaient à sa suite, et qui se préparaient à renouveler leurs cris, il est temps de laisser quelque repos à ses oreilles : des chaînes, et de fortes chaînes, mais point d'injures; et, par saint Jacques! il s'est montré

assez brave pour qu'on le traite en Roi.
Et maintenant, mes compagnons, sans lui
faire de peine par paroles , et surtout sans
prononcer son nom , tâchez de séparer de
moi cette charmante épousée , qui m'a
meurtri de secousses et de coups.

— Très volontiers, s'écrièrent-ils tous
à la fois ; très volontiers, brave Ojeda,
mais à condition que vous nous appren-
drez comment se sont faites les fiançailles.

Et en parlant ainsi, quelques uns d'entre
eux préparèrent leurs escopettes, prêts à
tirer sur le malheureux Cacique, dans le
cas où il ferait quelques tentatives nouvelles pour s'enfuir. D'autres s'approchè-
rent du cheval d'Ojeda ; mais il était aisé
de voir que, tout captif qu'il était, il im-
primait encore de la crainte aux plus
braves.

Ils pouvaient à peine croire que le plus
redoutable ennemi des Chrétiens fût en
leur puissance et dût y rester. En effet,

Caonabo était un de ces hommes extraor-
dinaires qui savent conquérir le pouvoir
et le conserver. Vingt fois il avait échappé,
par son audace et par son intrépidité, aux
embûches de ses ennemis, et quoiqu'il fût
chargé de fers, aussitôt qu'Ojeda eut parlé,
plusieurs Espagnols se précipitèrent à la
fois sur lui, afin de le maintenir tandis
qu'on déliait le Capitaine; mais ces pré-
cautions étaient tout-à-fait inutiles : il ne
fit pas le moindre mouvement pour s'é-
chapper. Seulement alors il regarda ses
ennemis, mais ce fut d'un tel regard qu'ils
ne purent s'empêcher à leur tour de bais-
ser un moment les yeux.

Garrotté de nouveau, et plus fortement
qu'il ne l'avait encore été, Caonabo fut
conduit avec une sorte de respect vers un
abri de feuillage élevé à la hâte, et sous
lequel on lui apporta bientôt à manger, en
lui donnant deux Indiens captifs pour le
servir ; mais ceux-ci n'approchaient de lui

qu'avec les marques les plus profondes de respect, et c'était presque en tremblant qu'ils lui rendaient les services dont il avait besoin et qu'on leur avait prescrits.

— Croiriez-vous bien, dit Ojeda quand il se fut reposé un instant, et qu'il eut essuyé la sueur et la poussière dont il était couvert; croiriez-vous que ce Chef si redoutable, et dont toutes nos troupes réunies n'auraient pu s'emparer, est ici parceque je lui ai promis les cloches de la Conception?...

A ce mot de cloches, le seul qu'il pût comprendre dans la langue de ses ennemis, les traits du malheureux Cacique prirent une expression si étrange de dédain et de dépit, qu'on eût été tenté de rire de cette physionomie bizarre, où se peignaient tour à tour une confusion grotesque et cependant la douleur concentrée d'une âme forte.

—Ne plaisantez-vous pas, Seigneur

3.   10

Ojeda? les cloches de la Conception à ce Sauvage! et, par saint Jacques! qu'en prétendait-il faire?

— Apparemment, Seigneur Sanchez, qu'il voulait s'en servir en guise de castagnettes dans ses danses de païen. Mais, je vous le répète, ce sont les grosses cloches de la Conception qui l'ont amené ici. Et alors Ojeda, pour faire cesser leur surprise, leur raconta par quel étrange moyen il était parvenu à s'emparer de la personne du Cacique; et certes nulle histoire, au temps des Amadis et des Palmerin, ne fut plus extraordinaire que celle qui livra à quelques hommes celui contre lequel on aurait fait marcher vainement peut-être des armées.

— Écoutez, Seigneurs Cavaliers, il n'y a pas grand mérite à m'être emparé de cet animal sauvage qui soupire maintenant comme un taureau qu'on écorche; car, Dieu merci, avec le portrait de la Vierge Marie que m'a

donné le Seigneur Évêque de Badajoz, et
les bonnes oraisons qu'il a bien voulu
m'enseigner, je ne crains ni une flèche de
Sauvage ni une balle de Castillan ; mais le
Seigneur Caonabo est pour le moins aussi
rusé que moi, bien qu'il ait l'air en ce
moment d'un ours pris au piége.

Le Seigneur Amiral, comme vous le
savez, était fort inquiet de le savoir
si près de nous, quoiqu'il y eût une
trève; car, par Notre-Dame! nul n'ignore
maintenant ce que vaut un coup de maçana appliqué de sa main sur une tête de
catholique. Il y avait long-temps que j'é-
tais en repos, il me prit envie d'aller faire
visite à ce maître assommeur de gens, une
idée plaisante m'était venue. Je ne lui don-
nai pas le temps de me fatiguer l'esprit,
je dis le soir même à ces gentilshommes:
Qui veut venir ce soir au bal avec moi chez
le Seigneur Caonabo? Et comme c'étaient
des gens à ne refuser ni une belle danse ni

un joyeux combat, je leur dis d'emporter leurs lances et leurs arquebuses.

Nous eûmes bientôt traversé la Vega, et c'était plaisir de voir avec quelle surprise chacun nous regardait dans la plaine, nous demandant si nous étions las de vivre,... et au demeurant le Cacique fut très courtois, il nous fit bel accueil : chaque jour c'étaient fêtes nouvelles ; on dansait au son des tambours avec de fort belles damoiselles ayant aux jambes les clochettes que nous leur avons données : et comme ils sont grands admirateurs de ces grelots d'Europe, je parlais toujours de nos cloches et de leur belle harmonie. Caonabo me dit qu'il les avait entendues parler de fort loin ; qu'il avait souvent admiré comme tout le monde leur obéissait, en accourant vers la ville dès qu'on les fait retentir, et qu'il serait merveilleusement satisfait de les entendre résonner de plus près. Vous pensez bien, Seigneurs Cavaliers, que je

lui aurais promis le bourdon de Séville,
s'il l'avait demandé.

Je lui promis donc aussi franchement
que promet le bourreau de ne pas faire
de mal, de lui donner nos cloches de la
cathédrale, s'il voulait venir les prendre
à Isabelle; et, par ma foi! le bruit lui en
tintait si doucement aux oreilles, qu'il se
décida à les venir chercher. La compagnie
dont il devait se faire suivre était à la vérité
un peu nombreuse, et je craignais, dans le
cas où je ne réussirais pas, que l'Amiral ne
trouvât cette société un peu embarrassante;
mais je dis ma bonne oraison, et nous par-
tîmes, marchant à notre gré dans les campagnes fleuries, comme gens que nul souci ne
blesse, nous baignant dans les frais ruis-
seaux qui nous offraient leurs eaux lim-
pides; moi, songeant toujours à mon aven-
tureuse entreprise, eux, sans la moindre
défiance... Enfin il y a trois jours, comme
nous étions arrivés près de la belle rivière

de Yegua, aux rives couvertes de palmiers, je rassemblai tout mon courage,... et je proposai à la troupe de se jeter joyeusement à l'eau jusqu'à ce que la chaleur du jour fût passée; et puis quand tous ces Sauvages se furent mis à fendre les vagues, comme autant de crocodiles qui se jouent au soleil, je tirai de ma valise ces joyaux que porte maintenant le seigneur Cacique; ce sont, vous le voyez, de belles et bonnes menottes, comme on en fabrique en Biscaye pour les faucheurs du Grand - Pré, hormis que celles-là ayant été faites pour un Seigneur, ont été soigneusement polies. Et pour dire la vérité, du rivage elles luisaient comme fin argent... Ici l'auditoire redoubla d'attention, car il n'était pas facile d'imaginer comment le redoutable Cacique avait pu être chargé de ces fers, lui qui était renommé entre tous par sa force et par son courage.

— Je vous le donne en cent, je vous le

donne en mille, Señores Cavalleros, continua le Capitaine... Mais tout le monde
gardait le silence et portait les yeux sur
Caonabo, dont les membres robustes et
l'air déterminé indiquaient que la moindre
résistance de sa part eût rendu impossible
le projet d'Ojeda.

— Eh bien ! continua celui-ci, puisque
vous ne pouvez deviner, je vous dirai que
c'est le péché d'orgueil qui a vaincu ce
païen. Il a cru que ces menottes d'acier
étaient des ornemens de Roi qu'on ne
portait qu'aux grands jours ; et bref, il a
été si joyeux de s'en revêtir, et de monter
en cet état derrière mon andalous, pour
se pavaner devant ses sujets, que, par l'i-
mage de Notre-Dame ! la besogne a été plus
prompte que je ne l'espérais. Quand
il fut donc ainsi derrière moi, paré comme
un roi des bagnes, ne pouvant plus faire
usage ni des mains ni des pieds, je com-
mençai à caracoler sur le rivage, en fai-

sant mille belles passades devant les Sauvages, qui s'émerveillaient du courage de
leur chef, osant ainsi monter sur un animal
tout au moins descendu du ciel... Je gagnai
joyeusement la plaine, accompagné de ma
troupe, et puis peu à peu j'entrai dans
les bois, disant à Caonabo de bien se tenir, et qu'il serait un jour bon cavalier.
Mais quand nous fûmes derrière les grands
arbres, loin de cette armée de diables qui
nous eussent lancé mille flèches s'ils eussent
connu mon projet, je piquai vigoureusement l'andalous... Le Seigneur Cacique,
qui ne portait d'autres hauts-de-chausses
que ceux qui lui ont été donnés par notre
bonne mère nature, commençait à être
fatigué de la course, et il demanda à revenir sur le bord du fleuve pour qu'on
pût l'admirer. Je fis d'abord le sourd, che-
vauchant aussi rapidement qu'on le pouvait faire en ces maudites forêts; puis il
me parla âprement, et alors la vue de nos

dagues acérées lui répondit. Il vit bien ce
qui en était, et commença à hurler de
rage, essayant de lever son bras formi-
dable pour m'en frapper; mais de bonnes cordes l'attachèrent : ainsi garrotté je
lui ai fait passer bien des campagnes, évitant les lieux habités, cherchant les plaines désertes... A vous vrai dire, ce joyeux
compagnon de voyage n'ayant plus que
la langue de libre, me tenait des discours
passablement étranges...

Au demeurant, nous n'en sommes pas
moins les meilleurs amis du monde; il
trouve le trait excellent; et, dans l'intervalle
de ses accès de rage, il a bien voulu me
le dire, m'assurant qu'en toute sa vie il
n'avait vu imaginer un si bon tour, et qu'il
serait joyeux de me le rendre.

Mais à coup sûr, Cavalleros, c'est un
homme de courage, et, pour tout au
monde, je ne voudrais pas qu'on lui tou-
chât un cheveu de la tête : par saint Jac-

ques ! de tels hommes ne se rencontrent
pas assez souvent pour qu'on n'ait pas
quelque respect pour eux... Païen ou
Chrétien, c'est un brave, et, n'en déplaise
au père Boyl, c'est une religion entre les
hommes que la bravoure. Comme il achevait, le Cacique poussa un profond soupir... Il n'avait rien entendu de ce que
disait Ojeda ; mais, à ses gestes animés,
il comprenait parfaitement qu'il était question de l'expédition où l'on s'était rendu
maître de lui... et il venait de faire rentrer
au-dedans de lui un cri de désespoir.

Ojeda vint alors près de lui, le salua
à la mode indienne, et lui dit en caraïbe:
— *Ouboutou*, prends courage, demain
tu seras sur le bord de la mer...

Quelques jours après l'évènement dont
nous venons de parler, ce dialogue avait
lieu à Isabelle.

—Oui, docteur Chanca, vous pouvez cou-
cher par écrit, dans votre livre des choses

mémorables avenues dans cette colonie, que le Cacique Caonabo, le Seigneur de la Maison-d'Or, a été pris comme un oiseau dans un trébuchet, et qu'il est, au moment où nous parlons, dans la maison de l'Amiral,... recevant bon traitement de tous ceux qui l'entourent, mais ayant toujours ses belles menottes d'acier de Biscaye, qu'il mord quelquefois de male rage, hurlant quand il entend les cloches de la Conception, comme si c'était Satan en personne qu'on voudrait excommunier.

— Seigneur Ruy Dias, songez bien, je vous prie, que je n'inscris que choses possibles ou avérées.

— Tenez, Docteur, si vous ne voulez pas m'en croire, voilà Barrual qui était présent quand on a introduit le Seigneur de la Maison-d'Or chez l'Amiral.

— En doutez-vous, Docteur? en doutez-vous?... Je m'étonne que vous qui ne pensez qu'aux herbes, aux maringouins de l'île,

vous n'ayez pas encore été voir l'oiseau
du Seigneur Ojeda... Il est vraiment drôle,
ce païen, avec son grand front bronzé
qui ressemble à une mitre aplatie... Croiriez-vous bien qu'il ne veut pas manger?
Tout à l'heure l'Amiral est entré dans sa
chambre; nous nous sommes levés et dé-
couverts. Il ne s'est non plus dérangé de
la terre où il est assis qu'un dogue ne se
lève devant un grand Seigneur; on a eu
beau lui répéter que l'Amiral était *Gua-*
rapina ou Chef suprême; il a détourné la
tête et fait comme s'il n'y était pas... Mais
quelques momens après Ojeda est entré
de l'air résolu que vous lui connaissez...
et bien entendu nul de nous ne s'est levé;
et voilà que la maligne bête s'est dressée
sur ses jambes nerveuses en faisant une
belle révérence indienne à ce beau cou-
reur de forêts... et puis ceux qui entendent
son jargon lui ayant demandé pourquoi il
faisait ainsi, il a répondu: — Il faut bien

que ce *Maguacochio* soit un fort grand guerrier, puisqu'il a pu prendre Caonabo... Caonabo l'honore.

— Pas mal, pas mal, Barrual! ce païen est homme de sens et de haute pensée.

— Par mon saint patron! ce que je vous conte là n'est rien, et j'aurais voulu que vous le vissiez quelques momens après, quand on lui a amené Nouna-Koali, la petite Indienne qui a été si long-temps malade, et qui vit si tristement ici, allant toujours se promener sur la côte, où elle reste des jours entiers.

Quand la pauvre fille est entrée dans sa chambre, il était presque couché à terre, et, selon sa coutume, fort pensif. Au bruit qu'il a entendu il a soulevé la tête, comme un sanglier de mauvaise humeur; il s'est mis à considérer l'Indienne fort longtemps, et puis, après un moment de réflexion, et sans la regarder davantage, il a dit en son jargon d'idolâtre : — Ah, ah!

c'est Nouna-Koali la folle!... Je croyais qu'elle était morte;... elle est toute semblable maintenant à une âme que tourmente Maboya le mauvais Génie... Après tout ce qu'elle a fait, mieux lui vaudrait ne plus être sur la terre!...

Alors la pauvre jeune fille s'est prise à verser beaucoup de larmes, on aurait presque dit de repentance... Il paraît que ce hideux païen est son parent... Il lui a parlé long-temps d'une voix brève et sans colère,... qui s'est tout-à-coup animée quand il est venu à prononcer le nom de sa femme Anacoana, qu'ils appellent ici la belle Cacique;... et le damné Sauvage finissait toujours sa chanson en répétant:—Mieux eût valu que Nouna-Koali fût morte! Et elle pleurait des discours de ce païen, répétant en son langage que ce n'était point la vie qu'elle aimait... Enfin la grosse colère du Sauvage s'est apaisée; il l'a prise à merci,... de sorte qu'elle le sert mainte-

nant fort affectueusement dans son malheur,... et qu'il lui parle assez humaine-
ment, l'appelant bien quelquefois Nouna-
Koali la folle ,... mais lui disant d'autres
fois aussi, en son langage caraïbe : —*Iroupa
houali*, ma bonne fille... Et quand elle le
voit trop triste, elle lui répond : — *Veiou
enourou nono*, le soleil est l'œil qui voit la
terre, comme si elle voulait lui faire comprendre qu'il regarde tous ses maux et
qu'il en prend pitié.

Au demeurant, elle est allée se jeter
hier aux pieds de l'Amiral, en le priant, les
mains jointes, de la laisser partir avec le
frère de sa sœur, mais libre comme elle l'a
toujours été :... c'est un privilége qu'elle
conserve à cause des services qu'elle a ren-
dus autrefois à notre première expédition.
On dit aussi qu'elle est chrétienne, et que
c'est ce qui a décidé l'Amiral à lui accor-
der sa demande.

— Et il faut qu'il y ait quelque raison

pour cela, car il n'est pas toujours si tendre avec les Indiens quand il s'agit de leur salut, et il les expédie par centaines en Europe, où les pauvres malheureux, exposés en plein marché, ne sont guère mieux traités, je crois, que des bêtes.

— Ah, ah! Seigneur Barrual, son intention, je pense, est bonne; mais le moyen pour aller en Paradis est un peu dur;... et lui qui connaît si bien les textes des saintes Écritures, il devrait se rappeler que Jésus a dit à saint Pierre: « Paissez mes brebis. »

FIN DU TOME TROISIÈME.

COLLECTION

de Romans Espagnols,

PAR DON TELESFORO DE TRUEBA Y COSIO.

Première livraison.

GOMEZ ARIAS,

ou les Maures des Alpujarras,

ROMAN HISTORIQUE,

TRADUIT PAR L'AUTEUR D'OLÉSIA OU LA POLOGNE.

4 VOLUMES IN-12. PRIX : 12 FR.

Deuxième livraison.

LE CASTILLAN,

ou le Prince noir en Espagne,

ROMAN HISTORIQUE,

TRADUIT PAR M. DEFAUCONPRET.

5 VOL. IN-12. PRIX : 15 FR.

www.ingramcontent.com/pod-product-compliance
Lightning Source LLC
Chambersburg PA
CBHW061442030726
47503CB00005B/1531